不完全協和音

反発と絆

濱村暁雄
HAMAMURA Akeo

文芸社

この作品はフィクションであり、登場する人物や
団体は実在のものとは一切関係ありません。

目次

序　章

メスを入れない体で一生を終えるのは誰しもの念願だが、それは野球投手の完全試合にも似る。実力だけでなく運にも恵まれなければ達成できるものではない。国内外での数々の紙一重の危機を凌ぎ、大病知らずに来た佐山の場合も、前立腺の異常に嵌《は》まり八十三歳にして夢は潰えた。

夜来の雨がまだ降り止まぬ初夏の早朝であった。急性閉尿に陥り、夜通し独居のベッドに悶えた佐山は、東京東端の江戸川区から越区で搬送されたＳＸ総合病院の緊急処置により、ひとまず危機は脱した。麻酔もなしに陰茎から挿入された内視鏡により、膀胱《ぼうこう》の出口を塞いでいた血塊が除去されると、大量の滞留血尿が排出され、異常低下の血圧はほぼ正常に戻った。だがこれは、あくまで応急処置である。ＣＴ、ＭＲＩをはじめ各種の術前検査に引き回されたあと、午後三時半からの全身麻酔による前立腺肥大の手術が待っていた。

不安なドアが開き、生涯初めて入る手術室は天井の照明がやけに眩《まぶ》しく、消毒液の臭いが鼻をつく。大掛かりなモニターなど見慣れない手術装置が不気味だ。医師、看護師ら七、八名の執刀グループが刑の執行者たちのように見え、厚いガラスの俎板《まないた》に似た手術台が恐ろしい。ストレッチャーから採尿バッグを付けたまま手術台に移されると、この台が一段上がった。病室で着せられたラフな手術着とT字帯が剝ぎ取られ、仰向けに寝て股を開き、出張った下腹の上に両膝を抱えこむ姿勢に固定された。房事の女性の待ち受け体位を思わせるあられもない仕草だ。

まもなく左上腕に皮下注射がうたれ、一刻して大型酸素マスクが顔じゅうを覆うと、

「ゆっくり数えて〜」

背後から麻酔医らしい男性の声。

佐山は声を出し始めた「ひと〜つ、ふた〜つ」。そして「み〜」と言いかけたところで意識が途絶え、老体は全身麻酔の奈落に沈んだ。

それからどれほどの時が経ったか分からないが、意識の底にぼんやりとマーラーの『交響曲第五番』第四楽章〈アダージェット〉の流れを感じ、彼の脳は粘っこく苦しいトンネ

ルの中に悶えていた。

と、そこに突然、視界一面に広がるヒマワリ畑が現れたのだ。紛れもなくこれは一九七〇年代に観たソフィア・ローレン主演の名画『Sunflower』のトップ画面だが、ウクライナの平原で撮ったというこの景色はすぐに消え、小学生時代の通学路に咲いていた菜の花畑に転じた。八〇年ちかくも前の、太平洋戦争開戦直前の田舎のあぜ道だ。

これに替わって現れたのが、プロサッカーチーム「ガンバ大阪」のユニホームを纏《まと》った選手たちの姿であった。はじめは十名あまりに見えたが、その数がみるみる不気味な速さで増殖し、ついに全国高校野球開会式の甲子園そっくりに、グラウンドいっぱいを埋め尽くした。すると選手宣誓台になぜか三、四人の顔が大写しになり、ぱっと消えてそれまでだった。

佐山はサッカーにはさほどの興味はなかった。J1のチーム名にしてもうろ覚えが五指に満たないほどで、「ガンバ大阪」と言われても「ああ、それもあったな」というくらいの疎《うと》さだ。なのに、いつもの夢には見たこともない臨場感あふれるこの動画現象は何の作用によるものか。

粘っこく苦しい脳内に意識が戻りかけたところに、「佐山さ～ん」と呼びかける男性の声を感じた。執刀医であろうか。とっさに佐山は「これからですか」と言おうとしたが、どうしても言葉が出ない。と、男性は「もう終わりましたよ。大丈夫です」と言いおき去っていった。言葉が出ないのは口中がこわばりついて痛むためだった。全身麻酔のあいだ、人工呼吸装置の太いチューブが喉の奥深く挿入されていたのだ。

佐山は集中治療室の中にいた。「ホルミウムレーザー前立腺核出術」が三時間にわたり施された後の全身管理である。この手術は、内視鏡を装着した直径8ミリほどのカテーテルを陰茎の先から尿道の奥深くに挿入し、先端に付けたレーザーメスで前立腺の肥大部分を焼き切って行われる。全摘出の場合を除き、従来の開腹手術に替わって開発された最新テクノロジーの施術だという。排尿と射精だけのツールだと思っていた尿道が、こんな太いチューブの差し込みに耐えられるとは。人間の臓器の強靭さは驚くばかりだ。

全身麻酔の下だから痛くも痒くもないが、この手術にも難点はある。仰向けに両脚を抱えこむ体位で行われるため、三時間が限度とされる点だ。エコノミークラス症候群（静脈血栓塞栓症）防止のためであり、その三時間の間も両脚にきつく締めつける特殊ストッキングを穿かされ、ふくらはぎ上をマッサージのように上下する「間欠的空気圧迫装置」が取り付けられる。なお、三時間の中でも切除屑の後始末に時間を食うので切除自体に使えるのは二時間余りだ。従い、大きな肥大症は一回では取り切れないケースが多いとされるが、この手術ではどうだったのか、佐山は知る由もなかった。

　さて、意識は戻っても佐山の体は自分のものではなかった。大量出血で四パック以上の血液が輸血されたとされる体はやっと生死の境をくぐりぬけたばかりだ。まだ麻酔が効いているはずなのに、下腹部が鉛のパンツを穿かされたような鈍痛に包まれ、何本もの注射を打たれた左上腕が棒状になって疼《うず》くのだ。

　だがそれよりも、無性に耐えがたいのがひどい喉の渇きであった。また、白内障の進んだ眼に照明が痛いのも気になる。

　ベッドの両サイドに女性看護師の姿があり、生体監視モニターに映るバイタルデータの変化に目をやりながら容態を見張っていた。渇きにたまりかね、手まねで水を頼むと、軽く首を横に振って「飲むのはまだ駄目です、もうちょっと我慢してね」と言い、水を含んだガーゼだけを渡された。この水を口に含んでは吐き出すのだが、生涯でこれほど水の有り難さを感じたことはなかった。

　このときである。ベッドの後ろに二人の人影が現れた。ひとりは刻々に遅れた手術時間待ちの病室で介護にあたってくれた看護師だが、連れ立つのはやつれた表情で真剣にこちらを見つめる理知子《りちこ》の姿だ。心強かった。嬉しかった。温かさが身に染みた。妻なら当然の配慮だろう。だがしかし、この気遣いも今朝からの入院手続きに見せた機敏な対応も、断崖にしがみつく者の手を振り払うようにした昨夜のあの仕打ちとどう繋がるのか。あまりの乖離に愛憎の念が行き来した。

第一章　自由の希求

佐山は十年ちかく前から四谷《よつや》の自宅に妻、理知子を残し、書斎用に手に入れた東西線沿線・西葛西駅至近のマンションに、独り暮らしを続けていた。四谷の住まいは義母から一部の資金援助はあったが、自分の退職金の全てをつぎ込んだ戸建てである。ここを離れるのは人生の積み重ねを手放すに等しい寂しさであったが、妻との生活感情の乖離が嵩じ始めていたのだ。軌道に乗り始めた定年後の執筆活動を続け、趣味の声楽の研鑽も絶やさぬためには、何よりも自由な場所が欲しかった。

齢《よわい》七十を過ぎた独居は無謀にも思えたが、今や核家族の時代である。長生きすればいつかは独り暮らしになるのが目に見えている。その生活の先取りだと考えれば腹も立たないが、それどころではない。発ガンの最大原因はストレスだというから、ストレスフリーの独居は長命の土壌なのだ。生活に多少の不便はあっても、ルパング島に三十年の小野田少尉や、グアム島に二十八年の横井正一氏の驚異的な長期洞穴生活に比べれば、首都圏の独り暮らしは天国ではないか。佐山の独居は人生の終幕に開かれた自由への旅立ちであり、やがて訪れる不安など気にもならなかった。

寓居に西葛西を選んだのは、通算二十五年の海外生活を終えて帰国した折のこと。日経平均が小バブルの最中だった。賃貸していた四谷の自宅がわが手に戻るまでの一年近く、勤務先会社が借りあげたこの地の社宅に住み、土地勘があったからだが、それだけではない。海外生活中の四年ちかくをインドの旧都、カルカッタ（現コルカタ）で過ごした佐山は、今や「リトルインディア」の異名をとるに至ったこの地に親しみを感じていたことも大きい。

カルカッタ在勤時には数々の思い出があるが、特に忘れがたいのが、当時、浩宮さまがカルカッタ総領事公邸にお立ち寄りの折、日本人会の代表として昼食会に同席の機を得たことである。事前に随員から、「御下問があればご存じのことをお話しいただきたいが、皆様からのご質問は決してなさらないように」と、お達しのあったのが記憶に残る。

浩宮さまは、アジア皇室外交の重要な行事と目される皇室国家、ネパール、ブータン両国ご訪問の帰途であった。お若く爽やかで、和やかにお話しくださったあのときの浩宮さまの姿が今も脳裏に鮮明だ。

ちなみに、現代のインドの首都はNew Delhiだが、一九一一年まではカルカッタがイギリス領インド帝国の首都であった。日本にとっても当時の国交の窓口であり、この都市とは縁が深い。

永らく「眠れる獅子」と言われてきた巨大なインドは、七〇年代後半から八〇年代にかけて目覚めるや、ＩＴ関連を主体にした世界規模の経済活動に火が点き、九〇年代に入るや経済開放政策のもとに急加速。特に今世紀に入ってからの発展はめざましく、世界最大の民主主義国家として中国をもしのぐ勢いとなりつつある。この状況下、我が国との人的交流も深まったが、ＩＴ関係者を中心とする現状七千人を上回る江戸川区内在住インド人の過半数が西葛西に居住し、インド人大コミュニティの出現に至ったのだ。在日五十年近くで、この地の開発の先駆者となっているＪ・チャンドラニ氏とも、佐山は面識があった。

さらに言えば、東京の最東部に位置し千葉県に接するこの地には、出生地への親近感があったのも事実だ。佐山は房総半島南端に近い半農半漁の村の生まれである。日露戦争に従軍後、村会議員、村長を経験した父と、幕末幕臣の孫娘にあたる母の息子として生を受け、十八歳までをこの地に過ごした。この母は、二十一歳にして産婆（助産師）の資格を取り、無医村に近い地域の知恵袋とされながら、九十六歳までの長命を地域に捧げた人物である。そんな明治初中期生まれの父母はとうになく、生家は無人となって久しいが、近くには長年没交渉ながら今も数軒の近い血縁の親戚がある。意識の底には「まさかのときには？」のあったことは否定できない。

だが、佐山の頭をかすめたこんな思いは全てが馬鹿げた幻想でしかなかった。ＳＸ総合病院で残尿抜き取りの後、着けて帰宅した尿バッグに血尿があふれて凝固、排出困難で意識が遠のくと、郷里の親戚など何の役にも立たないのだ。二時間以上もかかる距離的な問題だけではない。郷里を出て六十五年も経つ人間など代替わりした親戚から見れば赤の他人以外の何者でもない。また、田舎の人は情が篤いなどと言われるが、時代が変わっている。胸苦しさに襲われた独居老人が、一声かけると前の家の若者が飛んできて、「おじいさん大丈夫だよ。いま医者を呼んでくるからね」と走っていってくれた、こんな情景は「向こう三軒両隣」が機能した大家族主義時代のこと。戦前、戦中までの話だ。いまの都会のマンション暮らしの世界では隣は何をする人ぞ。僅か三十センチの壁を隔てた隣家でも誰が住んでいるのか分からず、何年も言葉を交わすこともないのが常態だが、国中が都会化してきた昨今のこと、郷里の人間関係とてその例外ではあるまい。

ここで思うのは、近年の都会にはのんびりした田舎暮らしを夢見て移住を志す者が、定年退職者のみならず若い世代の中にも目立つことだ。地域差もあろうが、概して田舎には排他色の濃い一面のあることを知る者がどれほどあるだろうか。戦中、戦後の一時期のこと。僅かの伝手《つて》を求めてきた疎開者たちに向けられた地域の態度を、いまも佐山は忘れられない。親切な人たちもいたが、概してよそ者に向けられる目は厳しかった。

日本の難民認定率の極端な低さが国際的非難を浴び、国連人権理事会から改善勧告を受けているのも、そのルーツはこんなところにあるのかもしれない。

郷里にして頼りにならないのだから、言葉も生活習慣もちがい、同郷人の結束の固いインド人コミュニティが近くにあることなど何の役にも立たないことを、インド人の本性に触れてきた佐山は改めて思い知る。社会生活の隅々に見せるあの信じがたい厚かましさ、徹底した「ダメ元」主義の行動は天下一品だ。特殊な個人的関係がある場合は別だろうが、見も知らぬ日本人の危機などに目を向ける者があるとは思えない。海外駐在の場合、現地で親しくなった友人、知人とは帰国後も付き合いの続くケースが多いが、佐山の場合そんなインド人はいない。

西葛西にも何の地の利もないとなれば、想いつくのは親交のあった旧知や、仕事上の部下たちだが、四半世紀余を過ぎればほとんどは疎遠になったり他界したりで、身近にすぐ頼れる人は見当たらない。

そうなると、行き着く先は肉親だけであり、二人の子供の姿が浮かぶ。だが、画家でエッセイストの長女はロンドンの大学病院に派遣されている夫と共に家族ぐるみで同地に滞在中であり、独身でジャーナリストの長男は折悪しく海外出張中であった。このとき、気ままな独り暮らしに身を委ねていけるつもりだった佐山は、「孤独」ではない、恐れていたはずの「孤立」に陥りつつあるのを実感したのだ。

万事休す。もはや頼れるのは連れ合いの理知子しかいなかった。彼女は歴然とした妻であり、絆が切れているわけではない。呼べば来てくれるに違いあるまい。ただ、うかつに協力を求めると機嫌を損ねるだけでなく、いつまでも恩に着せられる可能性のある人物だが、そんなことを気にしている余裕はなかった。

夜も更け、とうに九時半を過ぎていた。苦しさにあえぐ佐山の本能は、わだかまる意識を振り切り理知子の携帯番号を鳴らしていた。

それから一時間あまりも経っただろうか。うとうとしていた佐山はどぎつい理知子の声に目覚めた。

「どうしてこうなるまで黙っていたのさ！」

合鍵で入ってきた彼女が薄手のコートを羽織ったまま目の前に立っていた。雨模様の中、タクシーを飛ばしてきたのだろう。半年ぶりにみる彼女は白髪が増え、やや困惑の表情で眼差しが厳しい。

「だから男はしょうがないのよ、本当に。自分の体のマネージができないのだから。……ご飯は食べたの？」

予期した通り眼差しがきつい。

「食欲なんかあるわけないだろ。ただ気分が悪くて悪くて」

「二日や三日食べなくたって死にはしないわ」

佐山にはこれまでの経緯を説明するだけの気力がなかった。病院とのアレンジだけを手短に話そうとしたが、それも不機嫌な彼女の詰問に遮られ十分には伝えられない。

「長男には連絡したの？」

こんどはトーンを落とし、冷ややかな目を向ける。

佐山は無言であった。「海外出張中だ」と言おうとしたが、堪えた。子供たちのことは何を訊かれても無言で通すのが最善策と心得ている。うかつに情報を与えると理知子の気持ちがいら立つことが身に染みていた。

理知子もそれ以上は突っ込んで訊こうとはしなかった。

それから十数分も経っただろうか。彼女はあちこちの扉や引き出しを開け、入院に必要な衣類などを探しだしていたが、声をあげた。

「どうしてこんなシャビーな生活になっちゃったの！　パジャマも下着も着古しばかりじゃないですか！　パンツの新品はどこにあるのよ!?」

性急にまくしたてる不平が黒柳徹子を思わせる口調に変わった。

「……」

「こんな生活、姉たちにも見せられはしないわ。私の連れ合いらしい暮らしができないの！」

そう言いながらも彼女は手を休めなかったが、手ごろなバッグを見つけ、入院に必要な衣類を詰め終わると言った。

「すぐ救急車を呼ぶわね。保険証はどこなの？」

「待ってくれよ。こんな時間にどこへ連れて行かれるか分からないじゃないか」

「だって、我慢できないから私を呼んだのでしょ！」

「そうだけど、もう少しここで様子をみさせてくれよ。あすの朝一番にＳＸ病院のアポが取れているんだ。何とかそれまで我慢できないかと……」

「そんな元気があるなら、そうしたらいいわ」

「……」

「何のために私を呼んだのさ。じゃあ、これ以上私がいてもしょうがないわね」

彼女はちらと時計に目をやると、ハンドバッグを取って立ち上がった。

「泊まっていってくれよ！　頼むから」

佐山は言いたくない言葉を発してしまった。二度も三度も。

だが彼女は聞く耳を持たなかった。

「明日また来るわ。お大事にね」

淡々と言い放つと、コツコツとハイヒールの音を残し雨中に消えていった。

佐山の心細い気持ちが分からなかったはずはないが、命に別状はあるまいと見る以上、甘えさせたくなかったのだろう。佐山に対する恨みばかりではない。ここで妥協したら、男性に対して貫き通してきた生きざまが崩れ落ちる気がしたに違いない。

理知子が出て行った後、佐山は右こぶしを握り締めていた。最悪の事態になったのだ。

あそこで救急車を呼んだら近くの中小の救急外来に運ばれ、病歴を知らない医師の手で何をされるか分からないのが怖かった。何としても明日朝まで持ちこたえようと思った。だがその気持ちの裏には、理知子が終夜そばにい続けてくれ、万事休すの気持ちになったなら、そのときこそ救急車を呼んでもらえばいいと、勝手な思いのあったのは事実だが、その思いが一気に吹き飛んだのだ。

冷酷な仕打ちと闘わねばならないと思ったが、膨れ上がった膀胱の苦しさと貧血による嘔吐感が募るばかりだ。自分をコントロールする力が失せていく。救急車を呼ぶ気力も失せ、死の影がちらつき始める。日蓮宗の家の生まれとはいえ、信仰の有る無しは別の話で、日蓮聖人の教えも深くは知らず、まして、深淵な仏教教義のことなど学んだこともなかった。だがこのとき、どこから湧いたのか神仏にすがりたい気持ちが起こる。信心深かった父が毎朝唱える読経を上の空で聞いていたが、幼児の記憶に残る一節が甦り、力なく口元からもれる。

妙法蓮華経如来寿量品第十六

自我得仏来　所経諸劫数無量　百千万億載阿僧祇……

母の顔も浮かぶ。これまでの人生は何だったのか、と自問する。二人の子供たちは何のために育てたのか？　老いて世話になる目的ではなかったにせよ、こうなると喪失感を否めない。遺書を完結していないのが気懸かりだが、どうしようもない。

気力が失せはじめ、ちらつく死の影の中に悶えた時間が、それからどれほどあったことだろう。……降り止まぬ雨音の彼方に鳴っていた雷鳴が急に近づき、アッと思う間もなく、強烈な閃光と共に至近距離への落雷が耳をつんざいた。と、不思議なことが起こるもの。その衝撃に一瞬生気が甦り、「このまま死んでたまるものか」の思いが募った。それは理知子の仕打ちに対する開き直りであり、命の長さを懸けた挑戦でもあった。何としても夜明けまで下腹部の苦しさに耐えねばならない。佐山は危険と知りつつも、枕頭にある鎮痛薬に手を伸ばし、二倍量の四錠を睡眠薬と併せ飲んだ。そして間もなく眠りに落ちた。


物音に目覚めると、きっとした表情の理知子が立っていた。まだ六時前だった。

脳内が粘っこく胃がむかつき、ひどく気分が悪い。

「あれから眠れたの？　すぐ救急車呼びますよ」

事務的な物言いだ。

「え？　でもこの時間じゃまだ病院は……」

「ＳＸ病院と打ち合わせしてきたのよ。ミッション系のあの病院の伝手を頼り、特別にお願いしたわ。救急外来がすぐにでも受け入れてくれますよ」

　理知子はぴしゃりと言ったあと、携帯から１１９番に電話し、その足でマンションの管理人の許へ速足に降りていった。救急隊のストレッチャーが入れるよう、エレベーターカゴの奥行きを開いてもらうためである。

　救急車は理知子の執拗な要請に従い、マンションのワンブロック手前からサイレンを消して到着したが、三つの区を越えていくＳＸ総合病院への搬送には難色を示した。だが理知子は病院が受け入れ了解済みだと言って引き下がらない。とうとう救急隊員は根負けし、電話でＳＸ総合病院の裏を取ってから搬送が実現したのであった。

　病院到着後の複雑な手続きも理知子は素早くやってのけ、救急処置の結果を見届けると一旦病院を後にした。家庭裁判所へ出頭のためである。亡母の遺産相続に関して仲の良かった三人姉妹の関係がこじれにこじれ、姉たちとの調停が十時半に予定されていたのだ。

第二章　邂逅

理知子は、戦前の横浜で生糸の対米輸出により財をなした大邨商会の創業者、大邨喜八郎《おおむらきはちろう》の孫娘である。生糸は戦前の日本の最大の輸出商品であり、「絹糸先染め」技術の進化した米国への輸出が激増していた時代のこと。養蚕、絹糸、絹織物の最大産地である群馬県は桐生や伊勢崎に伝手のあった喜八郎は目ざとくこの波にのり、横浜絹糸布商工会の会頭まで務めた事業家である。一人娘には桐生の老舗織物問屋から婿養子を迎えていた。

そんな出自の理知子は、婿養子の父親を太平洋戦争の南方戦線で亡くし、戦後は会社を継いだ母親の手一つで二人の姉と共に育てられた。幼児から利発で、晩年の喜八郎にいちばん可愛がられた娘である。ミッション系の女学校入学とともに英語に対する興味が募り、十八歳を前に喜八郎の伝手で米国への私費留学が実現したのだ。

サンフランシスコ講和条約発効からまだ数年で外貨規制が厳しく、一般には僅かの規制外貨しか手にできず、海外渡航が容易でなかった時代のことである。横浜港から単身「プレジデント・ウィルソン号」に乗船してハワイ経由でキューバ危機直前の米国に向かい、六年の滞米生活でマネージメントを学び修士号まで取得してきたのだ。この間、後年本業となる英語がプロの域に上達したのみならず、スペイン語、フランス語も学んでいる。当時としては異色の女性だが、これができたのは、背後に祖父の大きな力が働いたことは想像に難くない。

帰国後は、ひと時の青年同友会勤務を経て通訳業界に身を投じ、長らく同時通訳グループで経済成長期の日米関係業務に携わったが、五十代を迎えるまでは独身であった。容貌もすぐれ縁談はいくつもあったが、彼女の選り好みが激しかったのと、母親が家柄にこだわったのが原因で婚期を逸した。選り好みが激しかったのには、イメージの中の祖父に比べれば、どの男も食い足りないところがあった。その後もチャンスはあったが、仕事に打ち込み始めると男社会への関心は次第に薄れ、生涯独身を胸に秘めていたのだ。

独身志向の思いは、一つには仕事を通じて体感した男性優位の社会に対する嫌悪感だ。青年同友会を短期で辞めたのは男女格差の待遇に嫌気がさしたからであり、彼女の属する通訳業界では、医学やＩＴ関係など下調べの厄介な案件が女性組に振られるケースが多く、その差配をする責任者はほとんどが男性なのだ。そればかりではない。夫の残した会社をアパレル関連事業に転じて継いだ母親が、戦後の激動社会で生き残りに辛酸をなめた姿を目にしてきたのも大きい。会社の銀行借り入れが、女性社長なるが故に難渋したケースがどれほどあったことか。

また、時代が進み、様々な資料や証言により日本軍が無残な敗退を重ねた南方戦線の実態が明らかになるにつれ、これを読み漁った彼女は、杜撰《ずさん》な構想、無謀な作戦によって父親たち巨万の兵員を死地に追いやった「大日本帝国軍」に対する憎しみがこみあげた。関東軍による張作霖爆殺事件に端を発する大陸侵攻の謀略者たちが、罰せられるどころか一定の発言力さえ持ち続ける状況下、天皇を「錦の御旗」に増殖した軍権力は過激思想を募らせて言論を弾圧、遂に無謀な大戦を遂行したのだが、これはすべて「軍」という結果に責任を負わない巨大な男性集団の所業であった。そこには北条政子や西太后を想わせる女性の姿はない。

ところで、人の決意というものは加齢とともに変貌する。五十代を迎え、外国人家族らとの会食の機会なども増えると、独り身は肩身の狭い思いに駆られることが多くなる。また、体の衰えとともに老後の不安も頭をもたげる。そこでさしもの彼女も次第に結婚を意識する境地に入ったのだ。シャレではないが、「シジュウカラ」が危険を告げる特殊な鳴き声を発するように、彼女も「四十」どころか「五十」の節目は老後の不安にまつわる声を自らに発したのだ。と、そこに現れたのが佐山である。

佐山と理知子の邂逅は、理知子が女性ペアで同時通訳を務めた日米会議の場であった。車両関連の大手部品メーカー「電網工産」の日本側と、世界的に著名な米側自動車メーカー某社とのホットな価格交渉の場である。大手総合商社の要職を経験していた佐山は、定年直前のヘッドハントで移籍した「電網工産」で海外担当役員の地位にあり、交渉チームのリーダーとしてこの会議に出席していた。日本側メンバーの発言が日本語で行われる中、業界用語の多い部分では佐山は英語に切り替えて発言したが、その英語が素人離れしているだけでなく、彼の優れた交渉術が理知子の目に留まったのだ。

佐山は二十年を超す英語圏の海外勤務で揉まれてきた猛者である。大手総合商社時代には会長の国際会議常任随員として日米財界首脳会議に出席した経験も何度かある。長年連れ添った連れ合いが病没して十余年になるが、二人の子供たちはとうに独立している身であり、多忙に任せ再婚など考える暇もなかった。だが理知子が同時通訳ブースに入る日米会議が回を重ね、二人の触れ合いのチャンスが二度、三度と増えるにつれ、ともに音楽好きで趣味の一致があったこともあり、いつしか「付き合い」が始まったのである。

佐山は学生時代からクラシック音楽に興味を持ち、中断をはさみ四十年近くフルートを学んできたが、六十代の末に指の故障により断念。それ以来、これも好きだった声楽に乗り換え、全国ネットの音楽院でオペラ・アリアのレッスンを受け、サントリーホールで行われた発表会でも歌劇「トスカ」の「星も光りぬ」を独唱している。一方理知子には、留学時代に学内音楽サークルで副マネジャーを務めた経験がある。合唱団にいただけで、楽器はギターをつま弾く程度だが、クラシックだけでなくジャズやフォークや教会音楽の事情にも明るい。それに、日本画の収集家であった祖父の影響で絵心もある。

理知子が佐山に関心を持ったのは、英語使いや趣味の一致ばかりではない。両親はとうに他界していて兄弟はなく、子供たちは独立済みという環境に加え、最高学府卒という彼の学歴が目に留まったのだ。母が常々口にしていたのは、娘たち三人がそれぞれ違う職業の配偶者を持つことであったが、特にこだわったのが学歴である。三人とも勝ち負けのないように同じ最高学府卒を望んだのだが、佐山はその条件にドンピシャの人物と映った。

佐山の方はといえば、大邸家の内情などには深い知識も関心もなく、あくまでも人間本位であった。特に言えば、英語の特殊能力もさることながら、容姿、声音とはっきりした物言いが、NHKテレビのクローズアップ番組で長年活躍した彼の好きなバイリンガル・キャスターに似ているのが琴線にふれたのだ。だが、それだけではない。姉たちが嫁いだあと老母との長い暮らしを取り仕切ってきたと自称する生活態度に、円満な家庭人の姿を思い描いたのが大きい。ひと回り以上も歳は違うが、彼女とならら老後に念願の家庭生活を営めるのではないかと、年甲斐もなく勝手に思い込んだのであった。

体の共感で結ばれることの多い若者の場合と違い、頭で考えて成立する高齢者の結婚は脆弱である。それはまるで期限切れ寸前のグルースティックで貼り合わせた厚紙のようなもの。繋ぎ留めるなけなしの愛情が薄れ片隅が剝がれると、全体の接着が危うくなる。佐山たちもやがてこの陥穽《かんせい》に嵌まることとなった。

佐山が喜寿を過ぎて仕事の世界から遠ざかり、次第に体調も衰え在宅で過ごす時間が長くなると、人間の本性が剝き出しになる。生活感の違いから次第に意見の対立が増えたが、それに輪をかけたのが、食生活をめぐる二人の思いの決定的な違いだ。長かった亡母と二人の家庭生活を取り仕切ったと聞いた佐山は、第二の人生での食事づくりの主役は彼女に任せられるものと期待したのだが、これがとんだ誤算であった。料理学校にも通った彼女には、食事づくりの知識も技術もある。だが、幼時からの食事づくりは二人の住み込みのお手伝いさんの仕事であり、彼女がキッチンに立つのは気の向いたときだけだったのだ。

佐山も応分の協力をしようとキッチンに入っても、何の役にも立たない。邪魔なだけで、何ひとつさせてもらえない。勢い、炊事は彼女の独り舞台となるのだが、そうなると今度は、こんな仕事は奴隷の仕事だ、と言って不機嫌になる始末である。馴れ初めから結婚当時に鳴った「ドミソ」の和音はひと時の空耳だったのか？　今や二人の生活態度は明らかにハモッていない。二人の相性は「ド、レ」や「シ、ド」の不協和音ではないにしても、「ド、ミ」程度の不完全協和音であることを佐山は痛感しだした。

こうして、理知子にとっての佐山の存在価値は次第に薄れていった。豊かだった声の張りも衰え始め、グリスのきれた歯車のよう。残るは、同じ最高学府出身でも姉妹の夫たちの大先輩にあたる学歴だけとなった。と、そこに頭をもたげたのが、一時は横浜でも有数の資産家に数えられた彼女の生家、大郤家と、南房総の一介の庶民である佐山の生家との財力の違いだった。佐山の家系も、母方の曽祖父は幕府の小藩で江戸家老も務めた家柄だが、理知子にはそんな過去の話は何の意味もない。二人のお手伝いさんにかしずかれて育った彼女の眼には、佐山の出自は大郤家とは比較にならないド田舎の一般家庭にすぎず、佐山はその才能、才覚によって都会に息づき、国際舞台の端くれでの活動もできただけのケチな田舎紳士に見えてくる。そこに意図せずとも生まれた昭和一桁生まれの老臭が、「男のプライド」を嗅がされるごとく気に障り始めたのだ。いちど二人が言い合いをしたとき、理知子は佐山に向かい、言わずもがなの一言を口にしたことがある。「お宅とはクラスが違う」と。また、「四谷の家は誰のお陰で買えたのよ！」とも。このとき佐山は、理知子が生活信条として対峙する男性社会の中の、格好の標的にされてきたのを痛感した。

第三章　諍い

集中治療室の佐山はようやく水を一口与えられた後、ベッドに空きのあるCCU（冠動脈疾患集中治療室）へ移された。ここでしばらく回復を待ち、病室に搬入されたのはもう九時半を回っていた。理知子が予約した病室は八階の特等Bの個室だった。六階の一般病室は満杯だったというが、理知子が初めからここを予約したことは明らかだ。この病室は広いだけでなくホテル並みに調度が設えられ、一般病室とはまるで待遇がちがう。CCUから戻った佐山を七、八名の女性看護師が整列して待ち受け、チューブが付いたままの彼の体をストレッチャーから広いベッドへ慎重に移した。

後を追うように理知子が現れた。看護師たちに礼を言うと、佐山に向かって一言。

「手術を見守られた教授先生にお会いしてきましたが、輸血が多く危ないところだったらしいのよ。四パックだか五パックだか使ったたって。奥さんが介助されてきたお陰で助かったとも仰っていたわ」

そして、看護師たちが一旦立ち去ると言った。

「そのあと、執刀医の助手を務められた若先生のお話も伺いました。長い手術だったけど今回は止血が主体で、肝心の前立腺肥大の切除にはほとんど手が回らなかったそうよ。何でも、二日前の外来で大量の残尿を抜き取ったとき、毛細血管の密集している組織を傷つけたものか、そのための大量出血だったらしいの。じゃ、それが失敗だったのですか？と聞くと、それには口をつぐんだわ」

体の上下にチューブを帯びた佐山には応答の気力がなく、何を言われても聞き流すだけだった。点滴スタンドの釣り輪からは二本のチューブが下がり、一本は輸血用で左腕に。他の一本は殺菌剤と鎮痛剤の投入で右腕に刺さる。下腹部はと言えば、尿道に差し込んだカテーテルと直結のチューブから色濃い血尿が流出を続け、さらに、両脚のふくらはぎにきつく穿かされたストッキングの上に、「間欠的空気圧迫装置」が絶え間なく上下運動を繰り返していた。

だが、理知子はこんな佐山に向かい、帰り際に声を荒らげた。この日の午後三時半、手術室に入る直前のことについてである。手術を施すに当たっての各種の確認事項を看護師が読み上げ、佐山はこれにイエス、ノーを即答していたが、最後に残った「万一の場合、延命治療を望むか否か」のところでほんの一瞬逡巡《しゅんじゅん》したのだ。と、急いでいた看護師は回答を促すこともなく、バインダーを抱え足早に立ち去った。回答のなかったその処理が、

「望む」であったであろうことは疑う余地もない。理知子はこの件を持ち出したのである。

「なぜあのとき、延命治療を望まないと、即答しなかったのですか！　延命治療は本人にとっても家族にとっても無益な負担以外の何物でもないことが分からないの！　これを望まないのは当然のことでしょ。その意思表示に迷うとは何たる愚行ですか」

理知子は憤懣《ふんまん》を募らせた。

佐山は、言われるまでもなく延命を望むものではなかった。だがそれは無益な介護の労と無益な出費を避けるためだけの意思表示ではない。人間の尊厳を失わないで果てるためのギリギリの決断であり、崇高な自殺の意思表示なのだ。機械的な〇×式質問の一項目として安易にイエス、ノーを即答したくはなかった。

ほぼ一年前になる。体力の衰えを感じだした佐山は、万一の場合に備えて「延命治療を望まない」旨を書面に認め、回復の見込みのない状態に陥った場合には理知子や子供たちが直ちにこれを発見できるよう机上の『緊急ＢＯＸ』に格納してあったのだ。そのＢＯＸ表面の張り紙に赤字で大書した文字は、ＤＮＲ（蘇生はするな）である。

理知子の剣幕で気まずい空気の流れているところにドアが開いた。どやどやと現れたのが、執刀医とこれに従う数名の医師団の回診である。佐山はこれにより言いやまない理知子の憤懣からは救われたが、恐れていた宣告を聞くこととなった。前立腺肥大は通常の十倍ほどもある巨大なもの。今回取り切れなかっただけでなく、あと一回では無理で、恐らく二回の手術が必要になろう、とのことだ。両脚抱えこみの手術は三時間が限度である上、最後の一時間は剝離物の排出と止血などの後始末に費やすため、患部の切除に使えるのは二時間が限度だからだという。そうなると、この歳でさらに二回の全身麻酔に堪えうるのか。病院のやることだから入念な体力測定を経て行うのだろうが、都度基礎体力を削ぎ、寿命を縮めることだけは確実と思われた。

理知子が帰った後の深夜に至り手術箇所の痛みが募ったが、夜勤看護師の手で鎮痛薬の点滴を受けると痛みは幾分和らいだ。だが下半身を覆う鉛を穿いたような重苦しい感覚と、ふくらはぎを上下する空気圧装置の振動で熟睡はできず、いやな夢を見ながらの夜明かしとなった。なぜか理知子の顔が浮かんで仕方がない。「私のお陰で助かった」と言っているが、ほんとうにそうだったただろうか。心細かった苦悶の夜、懇願を振り切って帰っていったあの仕打ちとどう繫がるのか。その後の機敏な配慮を見ると、江戸川乱歩の短編小説『お勢登場』の「お勢」でないことだけは疑いもない。広く全体を見ながら命綱だけは離さない性格と見て取れるが、その複雑な心境が不可解なのだ。

翌朝、もう七時半だった。夜明けから微睡に落ちたらしく、バイタルの測定に来た看護師の声に起こされた。昨夜の看護師たちとは違うから日勤組に替わったと見える。「村越」の名札を着けた二十代後半と見られる小柄なベテラン風と、「加山」の名札のすらりとした若手だ。プリセッターと研修看護師のペアであろう。二人ともフレッシュな笑顔で、その温かさが身にしみた。

氏名、生年月日の確認に続くバイタル値の測定は、体温が三十七・二度と高いほかは、脈拍、酸素飽和度も異常はなかった。だが、尿導管から排出されるのは依然として色濃い血尿のままだ。それに何よりも、尿道口の痛みがひどかった。これを訴えると、プリセッターが裾を開け、陰茎の先を保持しながら下腹部上に支え止めされている尿導管を少し緩めた。引っ張られての炎症であったらしく、これで痛みは幾分和らいだ。若手は手を貸すこともなく、傍らでただ真剣にこの処置を見つめていた。麻酔の効いた手術の場ならともかく、こんな姿で若い女性に陰部を曝し触られるのは初めてだが、私の羞恥心はとうに死んでおり、看護師たちにとっては何の特異な感情も伴わない実務的な仕事なのだろう。

十時に基岡《もとおか》という看護師長が様子を見ながら挨拶に現れた。和やかな口調の五十年配で、包容力の豊かさを感じさせる師長だ。理知子が早暁の越区救急車受け入れに力添えを頼んだ病院関係者がかなりの有力者であったらしく、その筋から看護室にも連絡が入ったものと見える。

師長が去ると入れ違いに主治医一行の回診があり、続いて村越看護師が来て点滴の交換をしていった。十一時過ぎには理知子がやってきた。夜更かしして明け方に就寝し、十時過ぎまで寝る習性の彼女にとっては無理した起床だったに違いない。そのせいか、冷たい緑茶と和菓子などを持ってきたが終始不機嫌だ。半時間ほどいただけで洗濯物をまとめ持ち帰っていった。パンツの血尿はコインランドリーでは落ちないそうだ。理知子は一旦帰宅後、今も客員准教授を務める語学専門学校へ講義に赴くのだという。

三日目。輸血の点滴が終わり、両脚ふくらはぎの空気圧迫装置が外れた。だが、尿導管の痛みは前日よりひどい。これを訴えると、プリセッターの村越看護師が来て、点滴による新たな鎮痛薬と鉄分の投与が行われたが、不思議に彼女の手にかかると痛みの和らぎを覚える。と、入れ違いに現れたのが副師長の島影である。長身、面長で鼻筋の通った四十年配の美貌だが、物言いは冷たく素っ気ない。用件は病室交換の相談だった。翌日、一般病棟の個室が一つ空く。入院費は「特B」のほぼ半額だが、移るかどうか、を問うのだ。この日、理知子は米日通訳者協議会の懇親会があるとて姿を見せていない。費用の点に惹かれた佐山は、「では、明日その病室を見せてもらいましょう」と独断で応じたのだが、これが理知子との間で物議を醸すこととなった。

四日目。この朝は寝不足だった。なぜか部屋替えのことが気になって寝付けず、三時間ほどしか寝ていない。朝のバイタル測定では体温が三十五・五度に下がっていた。

昼刻前には理知子が現れたが、佐山の危惧は的中していた。部屋替えの話を聞いた彼女は、佐山が独断でこれに同意したと誤解、激怒したのだ。「病室逼迫の中の緊急入院でこの『特B室』を手に入れるのは大変だったのに、一般病棟へ移るとは部屋代の安さに目が眩んだのか？　何たるケチ根性だ！　私の面目は丸つぶれではないか」と怒り、さらに言い募る。子供に残してやる資産を減らしたくない、などと考えているなら愚の骨頂だ。子供はどこへ出しても恥ずかしくない育て方をした上、高等教育を授けてやったのだからそれで十分ではないか。あとは自分たちの努力で切り開く世界である。人生百年の時代だと言っても、八十代の半ばでこんな大病をすれば、明日の命の知れない身だ。こんなときこそ、「特B室」で過ごすのは自分へのご褒美ではないか、と言うのだ。

この問題は基岡師長が間に入って理知子の誤解を解き、特B室を使い続けることで決着はみた。だが師長が去ると、理知子はまた、あれこれの例を挙げながら佐山の「田舎者のケチケチ根性」を貶《けな》し続けるのだった。含み資産の多い理知子は、高が知れた佐山の遺産などに大きな執着はないのだろう。そうでなければ特B室にこだわり、ケチケチ呼ばわりなどするはずもない。

後期高齢者入りを目前に体力の衰えも感ずる昨今、自分の子を持てなかった彼女の心に立ちはだかるのは佐山の子供たちの存在なのだ。間もなく亡母の遺産が入る状況を迎え、その存在が一段と気になりだしたのは明らかだった。

理知子には長子の兄がいたが夭折し、現存は二人の姉との三姉妹である。長女、真紀子《まきこ》は三歳からピアノを習い、全日本大学ピアノコンクールで優勝したことのあるピアニストだ。絶対音感に恵まれているのが自慢のひとつでもあり、将来を嘱望されドイツ留学も勧められたが、ハラスメントの噂もあり実力だけでは世に出られないとも聞くこの世界に嫌気がさして断念。プロを目指す上級者を対象にしたピアノ教室の経営に乗り出したところ、社交家肌の大らかな性格を慕ってくる生徒が多く、成功を収めている。連れ合いは米国某州の弁護士資格も併せ持つ腕利きの国際弁護士だったが、脳梗塞を発症して後遺症に悩み、今は半ば引退の身。十名あまりの「いそ弁」を抱える事務所の経営は、持ち分三分の一の共同経営者に任せている。一人娘の摩季《まき》は独身のフルート奏者で、地方の著名なオーケストラに所属する。

次女の由岐子《ゆきこ》は、2級建築士と不動産鑑定士の免許を持つ実業家肌のやり手である一方、××流日本舞踊の名取と和装着付け講師の資格も持つ二刀流。横浜の祖父の会社の跡地に建てた不動産会社の経営に成功し、今や新橋にも出張所を構える勢い。連れ合いは厳しい日米会議にも登場した経済官庁の高官。定年退職後は三度の天下りで都度ボーナスをたっぷり手にし、大学の同窓会では「泥棒」などと皆に揶揄されるが気にする様子もなく、いつもちゃっかり上座を占めている。だが好事魔多し。ゴルフ帰りに乗ったタクシーが追突されて頸椎を傷め、最近はゴルフがゲートボールに替わり、老化が目立つ。大手設計事務所勤務の息子夫婦に男女一人ずつの孫がある。

理知子には姉たちのような事業手腕はないが、優れた語学力を活かした才能と、留学時代からの気の置けないアメリカの友人があり、また何よりも、姉たちには負けないと自負する容姿がある。自然の摂理でバランスの取れた三人は、大邸家の仲良し姉妹などと言われて七十代を迎えたが、世によく見るように、亡母の遺産分割をめぐり、互いの間に思わぬ亀裂が入ったのだ。

争族問題発生の根本原因は、九十八歳で没した亡母の遺した公正証書遺言の記載が詳細を欠いたことにあった。「三人が平等に分けよ」という趣旨の大まかな表現があっただけなのだ。このため個々の財産の扱いをめぐり三姉妹の間に諍《いさか》いが生じたが、最初の問題は、大森山の邸宅の処分に関する意見の相違であった。

不動産売買に目の利く次姉の由岐子は、今が潮時と家屋敷全体の一括売却を強く主張するが、姉も妹も思いの違いはあれ温存を唱え、応じないのだ。長姉の真紀子にはここをピアノ会の発表会場に改装したい野心があるだけでなく、祖父がよく口にしていた「将来、ここを高級料亭にできたら面白いぞ」という冗談めいた呟きが残っていた。一方、理知子にはこれといった活用目的はないが、三姉妹の中で一番長く過ごした生家であるだけに愛着強く、今すぐ他人の手に渡ることには我慢がならなかった。姉妹は生まれて初めて歯に衣着せぬ言い合いとなったが、結局、二対一で由岐子が折れ、ひとまず邸宅は温存と決まった。これで遺産分割上の難題、不動産問題は先送りされたが、それは序の口。さらに厄介な問題が発生した。

第一は、亡母晩年の十年近く、資産管理を含む生活面の面倒を見てきたと言いはる真紀子が、多額の「特別寄与分」を請求しだしたことである。これには由岐子と理知子が真っ向から異を唱えた。

まずは生活面の支援だ。三姉妹の中では真紀子が中心的な立場で全体を把握し、熱心に支援したことは事実だが、車で一時間余もかかる距離だけに定期的に訪れたのは月に二、三回程度であったはず。独居だった亡母の晩年は最後まで意識がはっきりし、寝たきりではない自分で用の足せる生活であり、心筋梗塞で入院後は五日目の他界であったのだ。また資産管理の代行については、内容が摑みにくいだけでなく、一時は、隠し預金が有るのではないかと疑わせる状況すらあった。

真紀子がこれを聞き入れるわけもない。問題はこじれにこじれたが、最後は、由紀子がふと漏らした思いつきがきっかけで、変化が生じた。

「お姉さん、真紀子先生！」

由紀子はにやにやしながら呼びかけた。

「お尋ねしますけどねえ、ピアノの月謝にはどんな税金払っていらっしゃるの？」

「あなたには関係ないことよ」

真紀子は痛くもない肚《はら》をさぐられ「いらっ」としたが、そこは長女の貫禄。顔には出さず、さらりと受け流したのだ。だがこれを契機に、何を思い直したのか真紀子の態度が和らぎ「特別寄与分」はかなりの引き下げとなり和解した。

第二は、由岐子が八年ほど前に亡母から援助を受けた事務所の増築費用を相続財産に「持ち戻す」ことに応じないことだ。この問題もそれぞれの相続分に直接影響するだけに深刻であり、姉妹間の話し合いでは解決に至らない。やむなく思いもよらない家裁の調停申し立てとなり足を運んだが、結局、由岐子は「特別受益」の持ち戻しには時効のないことを認めざるを得ず、事態はしぶしぶ「和解」による決着となった。

ところがここに、思いもよらない第三の問題が発生した。理知子は十五年前の結婚の折、亡母、ゴッドマザーから彼女が一番大事にしていた高価なダイヤの指環を譲られている。理知子が三人娘の中で一番長く生活を共にし、よく仕えたことに報いたものだが、譲られるとき、「これは私亡きあとに使いなさい。だが相続財産とは別ですよ」との念を入れた付言があった。指輪は密封して銀行の貸金庫に納められていたところ、遺言執行者の真紀子がこれを発見したことにより、真紀子と由岐子が相続財産への「持ち戻し」を言いだしたのである。遠い昔のことながら、実は真紀子も五十年前の結婚の折に国産のグランドピアノを贈られている。それを気遣ってか彼女はさほど強く出ていないが、鑑定結果、ダイヤの指環の価値が自分に贈られた増築費用にほぼ匹敵すると知った由岐子の主張は厳しく執拗だった。

問題は紛糾し、何度も当事者間の話し合いが持たれたが解決に至らない。この相続問題は発生の当初から、「これは法定相続人同士の問題だから、三人とも配偶者の関与なしに進めよう」との了解で始まったが、真紀子も由岐子も事実上は夫を巻き込んでいることが見え見えだ。だが理知子だけは、このダイヤの指環問題でも佐山の助言を得ようとはしない。三人の約束を守るというよりも、ここで男性の力を借りたくないのだろう。今では男性をライバルに仕立てることが彼女の生き甲斐のように見えてならないが、そのライバルの代表こそが佐山なのだから。彼女は自分なりに相続法規の解説書に目を通したり、英語の教え子の司法書士の助言を得たりして「持ち戻し」に抗った。遺産分割協議書の作成は遅れに遅れ、ついにこれも家裁調停に持ち込まれた。

この問題は、やがて真紀子が当事者から下り、理知子と由岐子の争いが続いたが、結局、理知子が丹念につけていたダイヤの指環を贈られた日の日記がものを言った。その日の記述に、「母から『この指輪は相続財産とは別だよ』と言われた」旨の一文があったのだ。専門家の見解もあってこれには由岐子も抗えず、高額指環の「持ち戻し」は、なしとなった。これにより、ゴッドマザーの遺産相続は、実家の土地建物を三人の共有としたまま、姉妹の亀裂の中にひとまず決着に至った。

第四章　病院来客

手術から五日目。ようやく血尿は薄まり始めたが、挿入されている尿導管先端の痛みがひどい。一体この尿導管による排尿がいつまで続くのか。尿導管が外れてもその先に待つのは苦痛を伴う自己導尿である。この桎梏《しっこく》から解放されるのはいつの日か。

過日催された大学時代のクラス会でのこと。参加者が激減しており、過去一年間の物故者が読み上げられたが、中に前立腺ガンで亡くなった友人の名があった。数度の手術の後、一日五、六回の自己導尿生活を三年以上も強いられた末の死だったという。恐ろしいことだ。同じ運命をたどるなら、死を選ぶ方が増しだとさえ思われてくる。

この日、理知子の来訪はなく、午後に来客があった。佐山はすでに三年以上も前に役員を退任している大手部品メーカー、電網工産の総務部長と渉外課長である。退任後も時折、お知恵拝借で彼の許を訪れており、株主総会の折には役員に配る記念品の「特製カステラ」を持参してくれるのだが、今回はそのカステラ持参と共に見舞いを兼ねての訪問であった。体調のすぐれない佐山は看護師の介助で車椅子に降り、距離を取って対面したが、こんなときには特B病室を取っていてよかったと、理知子の配慮が悔しいけれど有り難かった。

実はこの日の朝電話があったとき、病院訪問はまたの日にしてくれないかと話したのだが、それでもやってきたのには理由があった。世界二十数か国に拠点を持ち、年商一兆円に迫る電網工産ではあるが、所詮は下請けである。納入先の超大手「太陽重車両」には生殺与奪の権を握られている。どんな過酷な要求にも応えなければ失注（発注先を変えられる）の危機に曝され、一度失注したら復縁は過酷な業となる。できたとしても数年を要し、しかも復帰後は新参者扱いが通例だ。

過酷な要求にもいろいろあるが、一番怖いのは年に一度ある納入品価格の一括引き下げ要求である。太陽重車両がどんなに増収増益を続けているときでも、青息吐息の下請けに5％から、時に10％の値下げを容赦なく迫るのだ。電網工産はイノベーションにより何とかこの要求に応えてきたがもはや限界に近く、今回の10％値引きには応じ難いという。そこで、太陽重車両の幹部に伝手があると聞いたことのある佐山に力添えを求めてきたのだった。

佐山は思った。電網工産はイノベーションにより毎年の値下げ要求を凌いできたというが、それだけで所定の利益を確保しながら経営を維持できるはずはない。値引き額の大半は同社に資材を納入する孫請けへ転嫁されるのは見え見えだ。また孫請けも、一部をそのまた下の曽孫《ひまご》受けに転嫁するケースも多かろう。製造業に限らず、国の経済社会は食物連鎖（寄生連鎖）のごとくに成り立ち、経済情勢が悪化しても潰れるのは最下層から順々だ。

業界の超トップ企業は巨額の利益を確保して常に安泰。大手の一次下請けもよほどのことがない限り倒産にまでは至らぬものだ。電網工産も今回の値引き要求に応じられないはずはないと思った。それに、太陽重車両に伝手があると言ってもそれは理知子の伝手だ。太陽の購買担当役員に嫁いでいるクラスメートのあることは聞いていたが、そんなものが役立つほどビジネス世界は甘くない。それよりも何よりも、理知子に口利きを頼んでまたも借りを作りたくなかった。車椅子で対面する佐山は疲れはて、値引き回避の力添え依頼は聞き置くに留めた。

その夜はアメリカに出張中の長男、和彦《かずひこ》から国際電話があった。ロスでの仕事を済ませて飛んだニューヨーク支社からだった。佐山の病状を気遣っての電話だが、なんと社命により一旦帰国することは許されず、出張がそのままニューヨーク支社勤務に切り替わり、しかも副支社長に任命されたとのことだ。これで特別のことがない限りしばらく会えないことになろう。画家でエッセイストの長女、波留子《はるこ》はロンドンの大学に派遣された医学研究者の夫に同行、家族ぐるみで同地に滞在中である。そして佐山は妻と別居中とくれば、彼の晩年はバラ色ならぬバラバラ人生だが、このグローバル化の時代にはこんな家族は珍しくないであろう。

思えば佐山の生涯における家族の団らんは初めの結婚から子供たちの成長までの二十年余りであった。短いようだが決して不幸だったとは思わない。むしろ、今の目まぐるしい世に二十年も家族団らんを経験できた後、それぞれが互いに干渉されることのない自由を生きる人生にたどり着けたのは贅沢な幸せだと思いたい。

翌日は十時過ぎに、洗濯物を提げた理知子がやってきた。持病の腰痛が悪化したとて顔色が悪い。今日もこれから行くという週に一度の専門学校での講義に加え、暑い最中の佐山のための病院通いが祟ったのであろう。佐山とは一回り以上も齢が違うとはいえ、七十を過ぎれば疲労が早い。髪もめっきり白くなったようだ。

「このお菓子、カステラだね。これ、どこから？」

帰りしなの理知子は、ベッドサイドの小机に包装のまま置かれている贈り物に目を留めた。

「前にも話しただろう、電網工産のこと。昨日、見舞いに来てくれてね」

そこで止めておけばよかったが、佐山はつい頼みごとのことを口にしてしまったのだ。


その日の午後には思わぬ来客があった。なんと、三年近くも没交渉であった理知子の姉、真紀子の病気見舞いである。佐山の入院をどうして知ったのか。理知子のほかに話す者はないはず。最近は没交渉だと聞いていたのに、姉妹の血は争えないもの。別居夫婦の血よりも遙かに濃いのを思い知らされた。

真紀子は理知子とは違い、佐山の知るピアニストのイメージに似合わない大らかで屈託のない性格である。それだけに口が軽く隠し事ができない一面もある。理知子が佐山の入院のことを口走ったとき、これは内緒だよと口止めしたはずなのに、内に溜めておけなかったのであろう。ゴッドマザー亡き後のゴッド長姉を意識しだしているのも言葉の端々に見て取れる。

この日はさすがに相続問題には触れなかったが、ピアノ業界に力を持つことを自慢したかったのか、「数年来ピアノの生徒を何人もコンクールに送り込み、優勝者も出ている」とか、「月に一度、北海道から飛行機でレッスンに通ってくる娘もある。名のある芸能人や医者の中には、盆暮れのつけ届けの始末に手を焼くケースがあるとも聞くが、それとは全然違うけど、私だって貰いものでちょっと困ることもあるのよ」などを得々と語る。さらに、先日のこと娘の摩季がＣＤを出すのに五百万円以上もするハンドメイドゴールドのヘインズ・フルートを手に入れたが、その資金の大半を援助してやったなどと話した後、「ところで」と話題を変えた。

「あなたたち、いつまでこうして別居生活を続けているおつもり？」と、切りだした。

「使うほど痛みの出る鎮痛剤を飲み続けているようなものじゃないの！」

「……」

「由岐子も言っているのよ、『あの人たち、バッカじゃないか？　早く別れちまえばいいのにネー』って」

佐山が黙って聞いているのをいいことに、妹に事よせて言いたい放題のことを言いまくる。

「ところであなた、生活費はちゃんと理知子に送っているのでしょうね？」

と踏み込んだ。

「当然じゃないですか、夫婦だもの」

佐山はカチンときたが顔には出さず、冷笑気味に言い放った。

「私たちのことは私たちにしか分かりませんのです。言うなれば、夫婦関係は一つの広大な面ですよ。どんなに親しい人でも、外からの人の目に入るのは面上の点か、せいぜい破線くらいのもの。面全体の姿は見えやしない。さあ、私たちのことはご心配なく」

「でもこんな生活、いつまで続けるおつもり？　歳とるばかりでしょ？　生前、お母様もひどく心配していらしたのよ」

真紀子の話は執拗であった。長らく疎遠であったものがなぜこの時期に病院まで乗り込んできたのか。病床の佐山にもようやく筋書きが読めてきた。理知子が佐山の病状をどう伝えたか分からないが、仮に重体だと話したとすれば、見舞いに事よせて回復の可能性を見極めたかったのであろう。離婚をそそのかす話を切りだしたのは、来てみて、佐山が今の病状なら立ち直って長生きする可能性が大きいと見たからに違いあるまい。

相続問題発生の前から理知子の姉たちにとって佐山は部外者であった。伴侶が同じ最高学府出身者同士であっても結婚歴がまるで違うのだ。真紀子は五十年、由岐子も四十五年近いのに対し、理知子と佐山はせいぜい十五年である。しかも理知子の血を宿す子供もいないのだ。ゴッド長姉にとって、大邨家の財産がこの「外様者《とざまもの》」の手に流出する可能性だけは排除したいのであろう。

佐山は何を言われても聞き流していた。彼にはもともと離婚の気持ちなどなかったが、真紀子の意図を知れば知るほどその決意を固めるだけだった。ゴッドマザーの遺産が何ほどのものか分からないが、彼は理知子と「あと先」になる場合を想定してそんな決意をしたのではない。人生百年の新格言にあやかる身になったとしても、どうにか自力で生きていけるだけの蓄えがあれば、配偶者の遺産を当てにすることはない。彼が婚姻を続けたいのには別の理由があった。すでに彼は理知子が対抗心を燃やす男性社会の一大標的になっていることは感知していたが、不思議なことだが、知らず知らず標的とされることへの反発に生き甲斐を感じていたのだ。

バイタル測定の時間になり、若い看護師が二人入ってきたのを潮時に真紀子はようやく引き揚げていった。一時間近くも粘られた佐山は血圧が少し上がっていただけで他に異常はなかったが、この朝から始まった右膝の痛みが足首にまで拡散、悪化していた。尿酸値が7㎎／dL台後半の佐山は時折足親指の痛風に泣くが、これに似た痛みにも感じられる。夕方近くなると堪え難くなり、ついにナースコールボタンを握った。


ところで、帰宅した真紀子は理知子とのやりとりの経緯を秘めきれず、午睡から覚めたばかりの連れ合いに語り掛けた。と、彼は開口一番、

「バカだね、きみは」

「え？」

頭脳は冴えているが、最近は少し滑舌の悪くなった彼は微笑みながら続けた。

「理知子さんはね、小さいがダイヤの結婚指輪をつけているだろう。ダイヤはいくら摩擦したってすり減りやしないよ。だがね、縦の衝撃には脆いものだ。あの夫婦の場合その衝撃は同居だが、そんなこと百も承知だからああいう生活してるじゃないか」


駆け付けてきたのは運よく村越看護師で、ほっとした。不思議に、彼女が現れると痛みが薄れ気持ちが和むのだが、それは闘病の侘しさによる感傷ばかりではない。彼女の容貌がやや丸顔で小づくりだった亡母にどこか似ているだけでなく、穏やかで優しい声音まで

が亡母を想いださせるのだ。長い人生の中でも病床でこんな看護師に巡り合えるのは奇遇である。彼女の担当が続くなら、あと二回の全麻手術にも耐えられそうな気がしてきた。

ＭＲＩなどによる検査の結果、佐山の右膝の痛みは初め疑われた「偽痛風」ではなかった。「蜂窩織炎《ほうかしきえん》」に似た症状と診断され、投薬を受けながら痛みが消えるまで十日近くを要したが、この間にリハビリが始まった。老齢者の体力の衰えは早い。僅か二週間足らずのベッド生活なのに三メートルほどのつかまり歩行もままならない。

リハビリ室へは排尿バッグを付けたまま車椅子を押されていき、リハビリ室の所定位置に着くと排尿バッグを外して導尿管口をキャップで塞ぎ、室内用の車椅子に乗り換えて施術台に移動した。リハビリには作業療法、理学療法、言語療法の三態があるそうだが、佐山の場合は運動器官の改善目的だから理学療法である。

待ち受けた担当は三十代前半と見られる美形の理学療法士だった。見た目はスレンダーだが、中肉中背で筋肉質の体躯はベテラン施術士を思わせる。フレイル化した佐山の最大の問題点は大腿四頭筋の衰えと診断され、リハビリはその矯正から始まった。

まず固いベッドに寝かされる。と、彼女が寄り添うようにして横たわる。

「さあ、体を私に預けるようにして」と言いながら自分の右太股《ふともも》を佐山の左太股に押し当て、佐山の右脚太股を支えて引き上げ引き下げを繰り返す。始めは苦痛だったが、慣れるにつれて彼女の体温が伝わってくる。この施術が済むと、太股を股間《こかん》の付け根の辺りから膝に向かってゆっくり揉みほぐすマッサージに移る。若者の健常者がこんなことをされたら平常心でいられなくなるかも知れないが、佐山には何の特異な感覚もないのだ。毎回のリハビリにこの施術を受けるが、無感覚に変わりはない。患部は癒やされても、なぜか佐山は侘びしかった。

三十分単位のリハビリは毎日続き、歩行器のつかまり歩き、自転車こぎ、手放しのよちよち歩きと進み、歩幅が伸びて階段への挑戦が始まろうとしたところに二回目の手術が決まった。中途半端な中断のリハビリにはあまり効果が感じられず、ただ理学療法士の温かい太股の感覚のみが残った。

第五章　華燭の調べ

二回目の手術は一回目からちょうど三週間後。午後二時の予定であった。理知子は、この回の手術には立ち会う必要はあるまいと言い、十一時になっても現れない。同窓会があると言っていたがそちらに向かったものか。だが担当医から配偶者の出席は絶対必要だと言われて緊急連絡の結果、一時過ぎにやってきた。ところが二時に予定のこの手術は、先行手術が長引いたため遅れに遅れ、呼ばれたのは四時を過ぎていた。二人きりの長い待ち時間は耐えかねテレビを点けると、終戦記念日が近いこともあり「三月十日、下町大空襲」の回顧を放映していた。

本土空爆が激化していた、終戦の八月十五日の五か月前のこと。三月九日が十日に日替わりした数分後から始まった空前の大惨事だ。敵の大型戦略爆撃機B29、325機の大編隊による1665トン、三十二万発の油性焼夷弾投下により、わずか二時間余りの間に現在の墨田区、江東区、台東区などの東京下町一帯が灰燼《かいじん》に帰し、十万人以上が犠牲者となったのだ。隅田川をはじめ水路という水路は死体にあふれ、公園など公共の広場には覆い被さる焼死体が山をなしたという。南房総の自宅から五十キロ先の夜空一面を焦がす業火が、隣町の大火のように見えたこの夜の恐ろしさを、佐山は今も忘れない。一泊許可で帰宅した近くに住むクラスメイトの父親は、家族との夕食後八時頃に出て東京の所属部隊に戻ったが、その直後に犠牲となったのだ。二〇一一年三月十一日の東日本大震災の死者、不明者の総数が約二万一千人とされるのを思えばこの無差別爆撃の凄さ、残酷さには慄然《りつぜん》とするばかりだ。

人類初の原爆被爆地であり、両市併せ一瞬にして二十数万の無残な犠牲者を出した広島、長崎の惨禍は、後世まで語り継がれる悪魔の大罪であるが、原爆と油性焼夷弾の違いはあれ、三月十日の東京下町に対する米機B29の無差別爆撃も、その非道さは後世まで忘れられてはならない。

この空爆には米軍の周到な準備、予習のあったことが判明している。日本の木造家屋とよく似た材質の木材をウクライナなどから取り寄せて模擬下町を組み立て、試験爆撃により戦果を検証した上での作戦だったと知る。無辜の市民の無差別爆撃については、零細な家内工業や手内職も軍需品製造への加担者であり、彼らは全員が戦闘員だとする詭弁を弄した。戦乱の果ての為政者は人道的なモラルを踏みにじる鬼畜となり、条約も国際法規も一片の紙屑と化す現実を見せつけられるばかりである。しかも現在の軍事情勢は下町大空襲のときとは大違い。人類殲滅の威力を持つ「核」の保有大国が何か国も出現した世界だから恐ろしい。究極の場合、ホモサピエンスの存続は可能だろうか？

物思いに耽っていると、オバマ大統領の決め台詞“Yes, we can.”が心に浮かび、“Yes, we can survive.”と、思わず心が口走る。それは、核廃絶に応じない国の遥かな上空から焼夷弾のごとく散布することにより、一定範囲の地上にある核物質の全てを無力化する核殲滅《せんめつ》物質の開発である。だが、そんな超核兵器の開発にはマンハッタン計画を主導したロバート・オッペンハイマー博士の遥か上を行く物理学者の出現が必須だが、そんな頭脳の持ち主が誕生するのだろうか。人間が無理ならＡＩで、と考えても決め手にはならない。発明しても次々に塗り替えるだろうから。所詮人類は、なお果てしない危機の海を彷徨い続けるように思われてならない。

今回の手術は難事であった。前立腺が巨大なだけでなく尿道に接する部分の処置が厄介で予想外の時間を費やしたらしい。手術が終わりに近づいた頃なのか？　脳の中にまたも粘っこい苦しさを感じ、何やらぼんやりした情景が浮かんだ。前回の手術で見たのはウクライナの大平原で撮影したとされる『ひまわり』畑だったが、今回はちがう。海浜の空の彼方から急降下で突っ込んでくる敵戦闘機の機影だ。三月十日大空襲のイメージが頭の底に消え残り、終戦直前の七月某日に遭遇したあの落命の危機が顔を出したのだ。

佐山はアッと声をあげそうになったが、それはできない。苦しい夢の中だから。

七月某日の記憶が鮮明に浮かび始めたのは、手術が終わった後の、白内障の眼にはひどく眩しいＩＣＵの中だった。

あの日は梅雨明け快晴の休日で、風もなく朝からむせかえるような熱気に包まれていた。二十数万人の死者を出した沖縄戦が収束した六月末ごろからは、米軍の機動部隊が房総半島沖にシフト。そこから飛来する艦載機が房総沿岸をかすめ、首都圏一帯を襲撃し始めた時期である。「こんな好天の朝が危ない」の予感があったが、案の定、約八十機の米機が駿河湾方面から侵入、房州一帯にも警戒警報、次いで空襲警報が発令されたのだ。

だが「発令・解除」の反復は常習である。この警報もやがて解除となり、佐山の家族も防空壕を出て急ぎ軽食を済ませたが、そこにまた警戒警報が発令されたのだ。家族は急ぎ防空壕に戻ったが、旧制中学の1年生だった佐山は「またすぐ解除だろう」と高をくくり、独り半裸で庭先の縁台に寝ころんでいた。と、それから五分も経たなかった。警戒警報が空襲警報に急変だ。「こりゃ駄目だ」と直感、佐山は壕に駆け込もうと衣服をつけ始めたが時遅し。微かに聞こえた爆音が瞬く間にせまり、グラマン二機が放物線を描くような急降下音とともに激しい機銃掃射を浴びせてきたのだ。

佐山は反射的に縁台にうつ伏し、ダダダ……と迫った連射音に「やられた」と本能が反応。一瞬生気を失った。……だが、『ああ、当たっていない』……。やっと意識が甦る。彼は間一髪、危機を生き延びた。銃弾は縁台から七、八メートルしか離れていない槙塀のすぐ外側を、塀に沿う形で直線状に打ち抜いていたのだ。十数分経つと、佐山の家の前の通りに人だかりが始まった。庭井戸に水汲みに出ていた五十メートルほど先の農家の主婦が、肩口から脇腹に貫通の銃撃をうけ即死していたのだ。炎天下の白い着衣が狙われたものらしい。

佐山家の広庭は大木に覆われているとはいえ、上空から縁台が目に入らないはずはない。もしも半裸でなく白シャツを着て寝ころんでいたら、と思うと、血の気が引いた。

ちなみに、米軍はあの時点に日本の降伏がなかった場合に備え、二つの本土上陸作戦を用意していたとされる。一つは、一九四五年十一月、南九州に上陸する「オリンピック作戦」。いま一つは、一九四六年三月、九十九里沿岸中部の片貝海岸に大軍を上陸させ、首都圏を含む関東平野一円を壊滅する「コロネット作戦」。これが実施されれば佐山の命もなかったかもしれない。

ストレッチャーを押されて部屋に戻ったのは九時半を過ぎていた。

再度の手術であり術後の体調の厳しさは予測していたが、なぜかこの夜は前回よりも下腹部の疼きがひどく、二度、三度とナースコールして看護師たちを煩わせた。

この病院の十六階には十八室の特別病室がある。A病室が五室、B病室が十三室で、看護師は総勢十八名。三名、または五名がチームを組み、各チーム五部屋持ちが原則だが、実際はかなり流動的な対応だという。素人目に不思議なのは、十八名もいるのに夜勤は通常三名とのこと。これを聞いてからは夜のナースコールはできるだけ控えていたが、この夜の痛みには耐えかねた。夜勤ではなかったのか、三度のコールに村越看護師の姿はなく、都度現れたのは初対面の若手二人だが、彼女らの優しい気遣いに佐山の痛みは癒やされた。

長引く入院で世話になる看護師はこれで十名を超えるが、村越のようなベテランは少なく大半は若手である。若手といっても看護師資格を取りたての新人から数年の経験者まで様々だが、その経歴により看護の態度、気配りに微妙な違いが見てとれる。概して言えば、新人にはマニュアルを果たすだけでなく患者の身になってマニュアル以外の配慮をしてくれる者が多い。スマホの電池や歯磨き、ティッシュペーパーの減り具合のチェック、カーテンの採光具合や室温湿度の調整から下着スペアのチェックまで、家族のような気づかいだ。これが三年目から四年目以降になると、マニュアルは手早くきちんとこなすが、それ以外は頼めばやるが、自発的にはやらないような看護師も少なくない。また、四年目くらいからの多くはプリセッターとなって後進の手ほどきをするが、そんなプリセッターの中でも村越のような看護師に巡り合えたのは幸運だ。

さて、この手術は失敗ではなかったものの、目的達成には至らなかった。超肥大の患部を四分の三まで取り切ったのは計画通りだが、切除の残滓《ざんし》が多すぎて排除できず、短時間とはいえ排除のための再手術が必要となったのだ。残る四分の一には当面触れられないという。老体が三度の全麻手術に耐えられるのか心配は残るが、放置残滓は腐敗するというからやるほかない。

その後の回復は順調ではなかった。四日目にカテーテルが引き抜かれたが、あとにはトラブルが待っていた。尿意を得て指示された通りに自然排尿を試みたが、何度やってみても痛みを伴うばかりで排出に至らず、やっと出ても10cc か20cc 止まりの血尿で後が続かない。残尿感が募るばかりで、わずか半日にして夕刻には痛みを伴うカテーテルの再挿入となった。ところが、執刀チームの女性の医師の手による挿入がうまく行かず、散々尿道に負担をかけた末、ステント挿入に切り替えられたのだ。

　ステントは、血管など体内諸部位の拡張に使用される合金製の網状チューブで、尿道カテーテルの挿入が上手くいかない場合にも使われる。熟練者による操作が必要で、主治医の範山助教が行ったが、激痛を伴うもの。佐山は出し入れに二度顔をしかめ声をあげたが、残尿は一気に排出でき、楽にはなった。

　そこで翌日から「自尿」のトライが始まったが、初日は惨めな結果に終わった。ぐったりとなり、ひと息ついているところに、理知子が洗濯物の大袋を提げてやってきた。額がうっすらと汗ばみ疲れた表情に見える。

「ご苦労かけるね、この暑いのに」

　病室にいては季節感がないが、外はひどい暑さのようだ。

「自尿は、どうだった？」

「ああ、大変だ。この分じゃ先が思いやられるよ」

「あなたも大変だろうが、私だってもう限界です。歳も歳だし腰の具合も悪いし。でも昨日は区役所の介護課へ行ってきました。あなたの介護認定の申請ですよ。同じ都内でも住民届のある区とは別の区に介護を委嘱する認定はあまり例のないこととされ、説得は大変でした。でも執拗に頑張った甲斐があり、この介護認定は間違いなく下りるでしょう」

この日の自尿トライの詳細を聞くまでもなく、理知子は、退院後の佐山の回復の厳しさに思いを馳せていた。冷たい仕打ちの多い理知子だが、佐山よりも先を読み、大事なところでは佐山にはできないことをやってのける女性でもある。有り難いことだが、これでまた借りができると想うと、佐山は敗北感に似たものを感じた。

その翌日のこと、しばらくぶりに電網工産からの電話が鳴った。再手術に対する総務部長からの「お見舞い」だが、過日の太陽重車両への口利きの件についての現況報告が続いた。

佐山がうっかり口を滑らせたのを理知子が聞きとがめており、折よくクラス会で再会した旧友の、今は太陽重車両の役員夫人にそのことを話したものらしい。重車両から電話があって電網の副社長が呼びつけられ、行ってみると出てきた相手は購買部門の中年の係長だ。協議の結果、重車両の要求する値引き幅に若干の手心を加えてくれることとはなったが、厳しい条件を突きつけられたという。電網から若い製造現場社員二名を人件費、電網負担で重車両に無期限出向させよ、との要求だ。大きな負担になるが応じる他はなかったという。

嫌なことを聞かされたと思っているところに、また厄介な電話が鳴った。ロンドンの娘、波留子からのしばらくぶりの連絡だ。今回の手術のことを和彦から聞いたらしく、見舞いに事よせてかけてきたようだが、このたび化学専攻の長女がケンブリッジ大学大学院の入試にパスし、手厚い奨学金も得られることになった。「リケ女」の道を歩めそうだという。そこまではいいが、「ところで」と言う。八十六歳になる夫の母の認知症が進み一人暮らしが危なくなったが、施設に入るのを嫌っている。しばらく同居し、生活の面倒を見てやってくれと、一度言いだしたら聞かない夫から執拗に迫られている。元々気難しい義母だと聞くし、そんな務めに耐えられるのか、それに、自分の仕事をなげうってまでやれるのか。場合により離婚も辞さない気持ちでいる、というのだ。

急に言われても、佐山は対応に窮した。五十を前にした長女が離婚もないだろう、とは思う。また佐山自身は離婚を棚上げしている身である。だがこの場合、画業とエッセイ執筆で身を立てていける強い自信があるなら、離婚も視野に入れたうえで深く考えたらよかろう、と言うにとどめた。長電話になってしまったが、理知子が帰った後のことでよかった。もう三十〜四十分も早く、理知子のいるところにかかっていたら、あとで厄介なことになるところだった。

ステントは予定通り抜かれたが自尿が出るわけもない。「自己導尿」の開始であった。この処置の指導を専門とする年配の女性看護師が特殊カテーテルを持って現れ、手を取っての指導が始まった。女性の尿道は四センチほどの短さなのに対し、男性の尿道は二十センチほどの長さがあるから厄介だ。入念な手洗いで尿道粘膜保持の潤滑油を塗った後、陰茎を片手で摘まんで心持ち持ち上げながら力を抜き、ゆっくりカテーテルを挿入するのだが、これがなかなか難しい。彼女がやればスッと入るのに、自分がやると途中で突っかえなかなか膀胱まで届かないのだ。無理やりやると嫌な痛みがチクリと走り体中がしびれる。

こうしてカテーテルとの葛藤が始まったが、また厄介な問題が持ち上がった。残滓排出のための三回目の手術が一週間後と決まり、その間、一旦退院してほしいとの病院側の強い要望が出たのだ。「特B室」とはいえ、入院が五週目に入れば無理もないことだろう。

だが、これを聞いた理知子は承服しなかった。まずは看護師長と会い「まだ自尿は出ず、自己導尿も覚束ない独居老人を帰宅させたらどうなるか」を切々と訴え、次いでこの訴えを主治医に対してもぶつけた。無理な訴えであり、病院側もすぐに聞き入れることはなかったが、不思議にも翌日には理知子の訴えが奏功したのだ。一旦の退院なしに三回目の手術を受け、退院は手術の結果が安定してからで宜しいことになったのである。理知子が、またも例の大物を動かしたことは想像に難くない。

翌日からは看護師の指導を受けながらカテーテルを用いた自己導尿に励み、手術の前日には一度だけだが自力でカテーテル挿入に成功。また僅かながら自尿を見ることもできてホッとした。と、その日の午後に思わぬ訪問者を迎えた。

「叔父様、お久しぶりです。摩季です」

もう何年も会っていない真紀子の娘のフルーティストである。

「やあ、これはしばらく。誰かと思えば、アーティストのお越しですな」

「長いご入院でまた手術と伺いましたが、お加減はいかがですか」

相変わらずの澄んだソプラノだが、長身のほっそりしていた体形がかなり様変わりしている。もう四十に近いはずだ。

「長期入院でね。明日がまた三回目の手術だが、何とか耐えてやっていますよ。皆さんにご心配かけてすまないね」

「これは母からの差し入れです」

そう言って摩季は紙袋から和菓子の入った包みを取り出したが、どこか表情が硬い。

「お気遣い頂いて有り難いが、お母さんはどうしている？　お元気でしょうね」

「いや、じつは大邨の家にトラブルがありまして。今日は母も叔母様たちも大変忙しくしていますの」


前々日の夕刻のこと、真紀子たち三姉妹の共有財産として残る無人の実家、大邨家の邸宅に「ボヤ」が発生。警報装置の作動による素早い消火で大事に至らずに済んだものの、居間と応接間の天井の一部が焼けたという。委細は調査中だが、なにぶん大正末期に建てられた老朽家屋であり、ネズミの悪戯によるものか、電気系統の接触不良が原因らしいとのことだ。

「そりゃ大変なことだったね。天井が焼けたってどの程度の被害？　修復はできるの？」

「実態はまだはっきりしませんけど、家屋は大邨家そのものですから母の落胆が大きくて！　しょげていますのよ」

「最近、お母さんは見回りしてなかったの？」

「ええ、このところお弟子さんのコンクール準備に忙しく、ひと月近くも行ってなかったようです。それを叔母さまたちがなじるのですよ、管理責任者の怠慢だって。建築屋の由岐子叔母さまは『だから言わないことじゃない、あのとき早く売っておけばよかったのに』と悔しがるし、理知子叔母さまは応接間に掛けてあった祖父譲りの日本画がダメージを受けたのがひどく残念だったようです」

「だけど」と摩季は続けた。

「私には分かりません。どうして母たちの意識の中に今も大邨家が消えていないのかを。大邨家は家人の死亡、結婚で無人になると同時になくなったのではないですか。……すみません、余計なことを言いました。私が久しぶりにお邪魔したのは、ひとつご報告がありまして」

そう言って語調を変えた。

「じつは私、こんど結婚することになりましたの」

「おお、それは大変おめでたい、素晴らしいニュースだ。よかったね、摩季さん。で、お相手はどんな人？」

「私の結婚については、両親とも父の法律事務所で跡継ぎになる弁護士と結婚させたく執拗に説得されたのですが、私はそれを強く振りきりました。子供のないバツイチで七歳年上の人。有能な国際弁護士で、祖父の代からのとても裕福な法曹一家の育ちだそうですが、とにかく私のタイプの人じゃ全くないのです。初対面からして印象が良くなく、話をしていても一方的でかみ合わない。相性が悪いというのは、こういう人のことをいうのでしょう。こんな人との生活はまっぴらです。自分の道を行くことに決めました。My Way です」

「分かるよ、その気持ち。やはり芸術家だね、あなたは。……お父さんが何をおっしゃろうとあなたは正しい。結婚は相性が基本だと私も思っている。どんなに世上の条件がよくても、相性が悪かったらやがて破綻だ。だが摩季さん、My Way と言っても完全和音が鳴り続ける結婚なんてものは滅多にない。どこかで夾雑音が混じってくるものだよ」

「それは分かっています」

「ところで、結婚のお相手はどんな人？」

「音大の講師をしているピアニストで、もう五年越しの付き合いです。この間には何度か諍いもあって決めかねていましたが、父への反発を機に意を決しました」

「それでいい、それでいい。あなたたちは完全和音ではないにしても不完全協和音程のカップルだ。長続きするよ。ご存じのように不完全共和音程の中にも名曲があるよ。ドビュッシーの『雲』だ。私は、派手じゃないけど奥深く、心に染み入るようなあの曲が大好きでね」

「私も同感です」

摩季はハンドバッグを取り上げると、一枚のCDを取り出した。

「これが今度出した私のフルート演奏ですが、ピアノ伴奏はその結婚相手です」

摩季のCDは、佐山が持ち込んでいる音響装置によりその場で再生された。曲目はドップラーの『ハンガリー田園幻想曲』とジュナンの『ヴェニスの謝肉祭』だった。ともによく知られたフルートの名曲である。とりわけ『ヴェニスの謝肉祭』は細かな指使いを要する速いテンポの難曲だが、摩季はこれも軽妙に吹きこなしている。ピアノ伴奏も爽やかで切れがいい。摩季が使用したフルートはハンドメイドのヘインズだと言い、母親の真紀子が自慢げに話していた五百万円の名器である。

「やあ、素晴らしい。見事な演奏だ、おめでとう。ヘインズの深みのある音色もよく出ているよ。フルートのストラディバリウスだからね」

フルートにも造詣の深い佐山は病床の感傷もあって感激し、翌日の手術のこともしばし忘れた。これにつられ、バンコクに駐在していた頃のことを思い出した。世界旅行の途上立ち寄ったフルート界の最高峰、ジャン・ピエール・ランパルと、弟子のエマニュエル・パユが、バンコク最古の豪華ホテル「オリエンタル」で特別公演を行った折のことだ。佐山はこの公演の協賛会社の代表として、演奏者と二メートル余りの距離の最前列で『ハンガリー田園幻想曲』の名演奏を聴いたのだった。

「お母さんも喜んでいるでしょう、こんな素晴らしい演奏を世に出せて。……で、この曲のリサイタルはやらないの？」

「いたします。結婚披露宴を兼ねてやる予定です。いまお相手が大学の仕事で忙しいので、三か月ほど先になるかと思います。叔父様、それまでには体調回復なさって、ぜひ出席くださいね」

その日の夕暮れであった。摩季が帰ったあとまだ消え残るフルートの調べに自らのフルート歴を想起していた佐山は、突然のドアノックで音楽気分が潰えた。現れたのは、この日、佐山の担当ではなかった村越看護師である。もう夜勤との交代が済んだのか、帰宅の服装に着替えている。

「ご挨拶に参りました。私、明日から少し長い休暇を頂いてハワイに旅行しますので。その間に佐山さまが退院なさると、またお会いするチャンスがなくなるかと思いまして」

「え！　それはまた急に」

佐山は虚を突かれた思いで声をあげた。

「前から決まっていたことですが、お話しする機会がなくて。……本当に不行き届きのことばかりでございました」

「何をおっしゃる。あなたのご親切な看護のお陰で救われてきたのですよ。ああ、これは残念、本当に残念だ。明日また手術ですが、寂しくなるなあ……」

ハワイへの長めの旅行といえば大体の察しはつくが、佐山はあえて触れなかった。病院でなければ「お礼」の一つも渡したいところだが、それは叶わぬこと。

「ハワイを十分に楽しんでいらっしゃい。……本当にお世話になりました」

「私の方こそ」

佐山は、老いの心に灯っていた遥かな灯台の灯が消える思いで後ろ姿を見送った。

三回目の手術は一時間の予定が倍近くもかかった。前立腺の残滓は意外に多くて尿道だけでは排出できず、背中の左脇にも一本のチューブを通して行われたのだ。これは大きなダメージとなり、早期帰宅の期待を妨げた。チューブが抜けてからも血尿が続き、平常尿になってからも自力では排尿ができない。再び専門看護師の手を借り、「チーマン」という、先端が心持ち湾曲した特殊カテーテルの導入で問題は解決したが入院は長引くばかり。病院側から迷惑視され始めたのがひしひしと伝わる。

さすがの理知子もこれ以上は粘れないと決断、手術から十二日目に退院となったが、入院は五十日に及んだ。車椅子で去る佐山を見送る看護師たちの表情は冷ややかで手を振る者もなく、あれほど好意的だった師長の姿もなかった。

ところで退院後の住居をめぐってはひと悶着もあった。病院側はいきなりの独居には首をかしげ、少なくも数週間から一か月程度の介護施設に於けるリハビリ生活を勧めるのに対し、早い自尿回帰を目指し、かつ自惚れる佐山はこれに応じない。結局、自宅直行と決まったが、なぜか理知子はこれには異を唱えなかった。

第六章　娑婆の風

無人で締め切った晩夏のマンションは蒸れてはいたが、家中がすっきり片付いているのが意外だった。何だかんだ言いながらも、理知子が通ってきてくれていたのだ。そればかりではない。週五回の夜食弁当の配達まで手配済みであり、その日に第一便が届いた。焼魚一切れを含む総菜四品と、一八〇グラムの温もりの残る米飯である。彼女は多数ある弁当業者の中から、予告なしに連続二回、弁当引き取りのない場合はすぐ通報する「安否情報」つき業者を選んでいた。

また、理知子の奔走により越区居住者の佐山に新宿区の介護認定が下りており、数日後には介護度査定員の来訪による体機能測定があり、介護度は「要支援・1」と認定された。この介護度で受けられる行政の支援は週二回のヘルパー派遣による食事作りだが、作業時間は各回一時間であり、間もなくこれが四十五分に切り詰められた。作業結果のレポート作成に五分は取られるから厨房に立つのはせいぜい四十分。これでは簡単な料理二品作りが限度であり、また、食材調達はヘルパーの業務外である。ステッキにつかまり歩きの佐山はやむなく近所のコンビニに足を運ぶが、カテーテルに依存した排尿下の生活はかなりの重荷だ。

ところで理知子は、佐山が病院から自宅へ直行することに異を唱えなかったが、実はすでに、佐山が三回目の手術に入る前から「老人施設」の物色を始めていた。独居生活には遠からずお手上げの日がくると見ていたのだ。独居が無理な場合、世間的には四谷の自宅に引き取るのが筋だろうが、二人の場合には、それはできない。元気なときですら反発の多かった日々である。暗黒の生活になることが目に見えている。理知子は各種の情報の中から医師常駐で完全看護、さらに一時間以内に行ける施設を選びだしたが、希望に適う一流物件は入所時の費用が過大で佐山の手には負えないものばかり。だが理知子には決意があった。佐山の介護を憂いなく託せられるなら、その場合は自分の資金を投じてでも施設に入れたいと考える。それはまるで、戦乱に巻き込まれた友好国の支援に、戦闘員派遣の介入はしないが、軍事資金は惜しみなく投じる国の政策にも似る。

理知子が施設の物色を急ぐのには、実はもう一つの理由があった。米国には、ボストン留学時代の同級生で今もネット上の交流が続く二人の親友、ジャネットとマリアがあり、この二人から相次ぎメールが入っていた。「半年先になる来年の開校記念日に、半世紀ぶりの大学同窓会の開催が決まった。こんなチャンスは二度とない。ぜひとも参加してほしい。渡米を！　渡米を！」という。理知子はこれにいたく心を動かされたのだ。

ジャネット・ブラウンは株で成功した父親の巨万の遺産を単独相続し、生涯独身を決め込んでいるボストン在住の画廊経営マダムである。一方、マリア・スタローンはイタリア移民の子孫。AME航空で七年ほど飛んだあと婦人雑誌の記者に転じ、差別批判の記事で目立つ存在であったが、十年ちかく前から乳ガンを病んでいるという。

理知子は留学から帰国後、ジャネットとは一度だけ再会している。もう二十年余りの昔になるが、某業界の日米会議がサンディエゴにあり、これに理知子が日本側二人枠の中の同時通訳に選ばれ、派遣された折のこと。ジャネットがボストンから飛んできて、会議のあと会ったのだ。終戦から四十年以上も経つのに未だ広島、長崎の原爆投下を擁護する加害国の言い分を信じているのは不快であったが、すぐ気分をとり直し二人でラスベガスに遊んだのであった。マリアとは卒業以来会っていない。ベトナム戦争のさなか、兵士輸送の米機フライトで一度日本の基地に立ち寄った経験があるとは聞いたが、会う機会はなかった。もはや二人と対面再会の機はあるまいと思っていた矢先に巡ってきたチャンスである。会いたさが募るばかりだ。

ジャネットのメールは、ボストンでの同窓会のあと、景勝地のケープコッドにある彼女の別荘に招いて一週間余りを共に過ごし、そのあと二人でペルーのマチュピチュと、できればアルゼンチンのイグアスの滝も観に行こう、などと誘っている。言われる通りだ。こんなチャンスはもう二度とあるまい。誘いに乗りたい気持ちが募るばかりだが、行くとなれば一か月近くも国を空けることになる。この間に、佐山に排尿困難の再発などの異変があったらどうなるか。彼女は世間の目よりも姉たちの非難が怖いのだ。

佐山は理知子に同窓会の話が来ていることは知らなかったが、彼女が「老人施設」を調べ始めていることには気付き、余計なことをするものだと苦々しく思っていた。

佐山は施設についてはほとんど知識がなかったが、数年前に一度だけ、晩年の一時期を老人介護施設で過ごした母方の従兄を見舞ったことがある。そのときの施設に対する印象が悪かったのだ。頭金なしで、月額五十万円ほどの個室と聞く新築の施設だったが、まずびっくりしたのはその部屋の狭さだ。僅か六畳ほどのスペースにベッドと小机を配し、それにトイレ、洗面台と衣装棚までついている。息が詰まりそうだ。三食の栄養管理食を供する食堂が各階にあり、娯楽部屋などの広い共用スペースがあり、週に二回の入浴介助もあって介護は一通り行き届いてはいる。だが一つ、外出が自由でないのだ。施設利用の保証人の許可が都度必要だという。

「これではまるで拘置所にいるようなものだ」

これが佐山にこびりついた施設の印象となった。数千万円の頭金と月額百万円ほどの用意ができればホテルのスイートルーム並みの個室にも入れようが、それは世にいう「上級国民」とやらの話。大多数の庶民の世界ではない。

それに引き換え、独居の不自由があろうとも、八十五平方メートルもあって一定の時間帯なら歌唱、楽器演奏の練習もでき、自分の判断で自由に外出もできる３ＬＤＫマンションの生活は別世界である。どんな施設があろうとこの生活は捨て難い。だが、理知子が施設確保に乗りだしたのを嫌うのはそれだけではなかった。たとえ理知子がホテルの部屋のような施設を確保してくれたとしても、そんな資金負担をさせて借りを作るのには耐え難いのだ。

しかしどんな強がりを言っても、ピンピンコロリ以外の終末になれば一人暮らしは成り立たず、「介護施設」は避けられない日が来るかもしれないのだが、『それはそのとき』と佐山は高を括る。とにかく今は施設の話は聞きたくもない。今やることは一日も早く完全自尿回復にこぎつけることと心得、苦闘するのであった。

退院から一か月余り経った日のことである。佐山の胸の左右の乳首が小さく黒変して軽い痛みを発し、これが次第に悪化して触れられない状態になったのだ。男性機能の衰退を感じて久しいが、ついに完全喪失に至ったのだろうか。それはやむを得ないとしても、男性にも乳ガンがあるものなのかひどく気になる。近年は三十代後半以降の女性には九人に一人かの割合で乳がんが見られ、発見の手掛かりは乳房外の上部にできるシコリだという。だが佐山の胸は平板だし、触ってみてもそんなシコリがあるはずもない。旧知の産婦人科医との雑談の中で話題にすると、「男性の乳ガンもあり得ないことではないが極めて稀であり、それもほとんどが遺伝性のもの」だという。ひどく気になる話だ。

佐山の家系には男性乳ガン罹患者はおらず、彼はただ不安な日々を過ごしたが、病歴を告げることもなく世間話の中で旧知の医師の話を聞いたのが間違いだった。退院から二か月後のこと。定期検診で泌尿器科を訪れた折、主治医に乳首の異変を告げると、軽く頷いただけで黙って処方箋から「ユリーフ」を削除してくれたのだ。前立腺肥大症にともなう排尿障害の治療に効果のある薬の一つである。すると、十日目ごろから乳首の痛みが退きはじめ、一か月後には男性の胸に復したのである。

この辺りから排尿具合に変化が生じ、毎日一、二回の自尿を見るようになった。それは福音だが排尿量はなかなか増えず、毎日四、五回の自己導尿が欠かせない。都度手指を清め、チーマンカテーテルにグリスを塗り、五分から十分近くかけてやるカテーテル排尿にはもううんざりだが、特に困るのは操作中に玄関のベルが鳴ったときである。出るに出られない。通常はやり過ごしてしまうが、夕食弁当の配達が早めに来たときなどは慌てる。ドアの外に置いていかれるのを佐山は好まないのだ。

その日は月末、一か月分の弁当代を払う日であった。通常二時半ごろに来る配達員がこの日は二時前にやってきた。しかも、いつもとは違う四十歳がらみの屈強な男だ。左手に保冷剤入りの袋を提げ、右手には取り出した弁当を持ち立っている。がっちりした作業服をまとい、そのまま工事現場にでも向かいそうな出で立ちだ。佐山は弁当を受け取り、引き換えに支払いを済ませると声をかけた。

「重装備ですね、これからどちらかへ？」

「また、気仙沼ですよ。大津波現場へ応援で」

男は苦々しく応えた。

「それは大変ご苦労なことですな。発生からもう三年ですね。大量の復興資金がつぎ込まれ、復旧はかなり進んだことでしょう？」

「いや、いやーぁ」

男は声を上げ、首を横に振った。

「とにかくね、これ！」

と言い、人差し指の先で頬を斜めに撫で切る仕草をしながら、

「これ！　と議員！　が入ってきているんで、現場一帯はひどい混乱よ。どうにもなりませんわね」

吐き捨てるように言うと、苦笑いしながら出て行った。

どこか似ている……佐山はケニア駐在時代にサバンナで見た猛獣どもの葛藤の世界を思い出した。巨体のヌウやシマウマから小柄なトムソンガゼルなどまで、発見と同時にライオンやチーターが追い詰めて仕留め、むしゃぶりつく。すると、その廃肉をハイエナやジャッカルが遠巻きに狙い、上にはハゲタカが舞う。頭脳に恵まれ法の支配する世界を築いたはずの人類にも、弱肉強食の本能は消え残るとみえる。東日本大震災の地に巨額の復興資金が流れ込むとみれば、強者が踏み込み乱闘する図式はそっくりだ。

それからさらに二週間を過ぎた日の午後三時すぎのこと。充電にかかろうとする佐山の携帯が鳴った。しばらく音信の途絶えていた長男の和彦からだ。本社の緊急会議に呼び出されて昨晩帰国し、今日は朝から缶詰めの会議を終えたところだが、支社長に昇格の内命を貰った。今夕の便でニューヨークへとんぼ返りするが、その前に五時ごろ、ちょっと西葛西に立ち寄りお父さんの顔を見ていきたい、という。二、三年は会えないかもしれないと思っていた息子の突然の訪問である。燻《くすぶ》っていた佐山の気持ちが一気に晴れた。

ところが、何という間の悪さだ。点けていたBBCテレビが四時のニュースを終えたところに、ひょっこり理知子が姿を見せたのだ。実に十日ぶりだった。身辺に異変のないことは警備保障会社の安否検知装置で分かっていたが、この間数度の佐山の電話にも出なかった。退院後の佐山の居住環境を整え食生活の道をつけてやったところで手を引いたのか、と思ったがそうではない。風呂場で滑り尾骶骨《びていこつ》を打ったのだ。幸い軽傷ではあったが、それでも四、五日は買い物どころか室内の移動すらやっとのことで、そんな姿を佐山に知られたくなかったようだ。外見を気にしただけではない。老いてきたこともあり、こんなときは頼れる子供のない侘しさが身に染み、佐山の子供たちの存在が羨ましくもあり鬱陶しくもあり、果ては故知らず憎さに似た感情もこみあげる。その心の内を読み取られるのも怖く、孤独感に耐え蟄居していたのだ。そして、改めて決意した。すでに子供たちと疎遠になって久しいが、佐山の葬儀のときまでは彼らとの再会は避け続けようかと。

　佐山は、理知子のそんな心の内までは知る由もなかったが、最近の彼女は佐山が国際電話をする気配にも神経をとがらせていることは感じとっていた。一番心に刺さるのは長女、波留子の存在のようだが、和彦だって重荷であることに変わりはあるまい。そんな和彦とここで鉢合わせしたらどうなるか、佐山は内心の動揺を抑えきれない。

「どうしていたの？　何度も電話したのに出ないし……」

どこか表情が暗く、少し足元のおぼつかない様子を目にしながら佐山は問いかけた。

「学校の仕事やらなにやらお出掛けが多くてね」

理知子は尾骶骨のことはオクビにも出さない。

「ところでどうなの、あなたの自尿の具合は？」

「ああ、やっと陽の目が見えてきたようだよ」

「でもまだカテーテルに頼ってるのでしょう？」

「いや、この厄介な器具とも間もなくおさらばだ」

佐山は、数日前から下腹部の緊張感が緩み、それと同時に毎回200ccから300ccの自尿を見ることが多くなっていた。この日は一度だけカテーテルの力を借りていたが、この調子では明日、明後日からその必要もなくなるだろう。

「え！　それ本当？　そんな一本調子に立ち直れるのかしら」

「本当だよ！」

佐山は力を込め、性急に言い切った。

「長いことカテーテルに苦しめられてきたが、これでやっと娑婆《しゃば》に戻れるってわけだ」

実はこの立ち直りには、要所に見せる理知子の対応への反発がバネになってもいたが、理知子がそれに感づくはずもない。

「あなたはいいわね。娑婆に戻ればいつまでもその先があるし」

「えっ！」

「私にはないのよ。最後はひとりだわ」

とにかく理知子に安心の言葉を与え、この場を早く立ち去ってもらわねばならないが、佐山のひと言は理知子の脳裏を複雑に駆け巡った。自尿回帰は佐山の最大念願の達成であり、妻として共に理知子も喜ぶべきはずなのに、そうではない。介護施設探しの努力が無に帰したことにも敗北感を覚えるのだろう。施設探しは佐山の独居が早晩行きづまると見ての配慮だったはずだが、彼を施設という別世界に早く追い込みたい深層心理が働いていたのでもあった。

　だがまたここに、新たな思いが湧いて出た。これは敗北ではない、所詮は男性に対する勝利だと。佐山が長い手術入院生活を無事に切り抜けできたのは要所に見せた理知子の力添えの成果である。また、危惧された退院後の排尿のあがきが最小限にとどまり、自尿を達成できたのも、外から働いた理知子の協力に負うところが大きいはず。どちらも、男性の佐山が単独ではできなかったことであり、女性・理知子の勝利だと。

　さらに大きなもう一つの勝利、そして最大の勝利は、佐山が自尿を達成し、当面の自活に問題はなくなったことにより、蟠《わだかま》っていた半世紀ぶりのボストン校同窓会への渡米に、なんの障害も憂いも感じられなくなったことである。

　この二日前、理知子はマリア・スタローンから長いメールを受け取っていた。十年このかた各種の治療に付き合いながら騙し騙しきた乳ガンが再発し、同窓会のあと全摘除の再手術が避けられない状況となったが、衰弱した体で全麻手術に耐えられるか自信がない。だから、今度の同窓会では是非とも再会しておきたいと言い、重ねての招きだ。

マリアは気丈で、才覚により差別を乗り越えジャーナリストとして活躍の場は得てきたが、結婚には失敗し、十二歳だった一人娘を交通事故で失い、孤独な晩年である。理知子は身につまされ、渡米の意欲を掻き立てられたが、ここに至るまで、なお佐山の体調を気にかけていたのであった。

今や理知子は意を決し、口を開いた。

「そうそう、あのね。早くお話ししておけばよかったけど、実はアメリカの親友からお話があって、この話はちょっと長くなりますが……」

「あ！　いけない、忘れてた」

佐山は慌てて遮った。時計に目をやると五時まであと二十分しかない。和彦に訪問を遅れさせるよう電話したいが、理知子がこの場にいてはまずいのだ。

「自尿の自信がついたと言っても、しばらくは失禁パンツというものが必要でね。済まないが角のドラッグストアへ走って買ってきてくれないか。今日は、たしかあそこは五時に閉まるはずだ」。

彼は苦し紛れの嘘をついた。ドラッグストアが五時に閉まるはずはない。

「明日、掃除のお手伝いさんに頼めばいいじゃありませんか。今夜すぐ必要なわけでもないでしょう」

「いや、すぐ必要なのだ。それがないと困ったことになる。それに、明日はお手伝いさんが来る日じゃないよ」

これも嘘だ。佐山は行き詰まり、携帯をそっとマナーモードに切り替えた。

ちょうどその時刻であった。会社を出るのが遅れた和彦がメトロ大手町駅の東西線のホームに降り立つとかなりの人混みだ。なかなか電車が来ない。そこへ構内放送が響く。

「東西線は電気系統に故障が発生したため、飯田橋―東陽町間の運転を一時中止しています。復旧は五時半ごろの予定です。ご迷惑をおかけして申し訳ありません」

これはダメだ……和彦はこれを聞くや佐山に電話したが何度トライしても通じない。急いで改札を出、タクシーを拾った。道が混んでいて、佐山のもとに駆け付けたのは五時半過ぎだった。佐山はぽつんとひとりテレビを観ていた。

数日後のこと、理知子のもとに分厚い包装の国際郵便が届いた。ボストンのジャネットからである。開封したとたんにビックリ！　東京―ボストン間の航空券が入っていた。しかもビジネスクラスだ。

「よくもまあこんな贅沢なことをしてくれたものだ」

感想が口をついて出た。高額の切符代金は当然返さなければならないが、とにかく大変な配慮であり、これで同窓会出席は逃れられないものとなった。

十八歳の身が横浜から単身「プレジデント・ウイルソン号」に乗船、ハワイ経由で太平洋を渡り、サンフランシスコから二日がかりの列車旅でアメリカ大陸を横断、ボストンに辿り着いた日の感激が蘇る。伝手を通じた祖父、大邨喜八郎の依頼により身元引き受けを決めたジョン・ブラウン氏が、一人娘のジャネットと共に小雨の駅頭に待ち受けてくれたのだ。不安な大海を彷徨ったボートが巨艦に辿り着いた思いの瞬間であった。それ以来、学業終了までの六年間、ブラウン家は家族のように理知子を迎え入れ、同い年の理知子とジャネットは双子姉妹のごとく過ごしたのである。アメリカ生活の師であったジャネットと、十五年前に他界したという大柄でジョーク好きだったジョンの顔が思い浮かぶ。

佐山のその後の自尿回復は、残尿感の募る日の多い点を除けばほぼ順調に推移していた。理知子に航空券が届いたのは彼にとっても朗報であり、"Win-Win"の実現を感じさせた。

そこに朗報がもう一つ。ＳＸ総合病院の定期検診に赴くと、退職の挨拶に来ていたあの村越看護師とばったり出会ったのだ。彼女のハワイ旅行は、佐山の予感通りこの病院の内科医との結婚挙式であったが、内科医はロンドンの大学への留学が決まり、村越はこの病院を退職して同行すると言う。しかもなんと、その留学先は佐山の長女、波留子の夫が研究に従事する大学であった。佐山はすぐ波留子に連絡を取ると約束したが、不思議な巡り合わせを感じた。今後は看護師ではなく、知人として村越との付き合いができるかも知れないのだ。

そうこうするうち、佐山は自尿の定着した状態で八十四歳の誕生日を迎えた。渡米が一か月ほど先に迫り多忙らしい理知子の来訪はなく、冷静な文面の祝辞メールが届いただけだが、ニューヨークの和彦からは祝いの長電話があり、「米寿」の祝いは盛大にやるから、まずはあと四年頑張ってほしい、などと元気づけられた。そして、波留子は？　と思ったその夕刻である。当の波留子が花束を抱えて突然姿を現したのだ。

頭痛の種だった義母が三日前に脳梗塞で倒れ緊急入院、長引きそうな病状だが、離婚後長らくうつ状態にあった長女（波留子の義妹）が折よく快方に向かい、通院介護を引き受けたと言う。波留子はあいにく夫が学会中で離れられないため、単身でこの朝帰国、病院に見舞った後の訪問であった。

　和彦の電話も波留子の突然訪問も、理知子にはあまり知られたくない出来事だが、知られて構わない電話もあった。フルーティストの摩季からだ。彼女は佐山の誕生祝いを述べただけでなく、結婚式の日取りがようやく決まったとて、出席を依頼してきたのだ。この結婚に反対であった父親はもちろん、母親の真紀子も巻き添えで出席を拒み、叔母たちの由岐子夫妻は姉に気遣って態度を保留中。そして、理知子はといえば渡米中に当たる日程だ。三十〜四十名の披露宴だが、音楽関係者と友人たちだけでは侘しく、親族の代表格で佐山の参加が欲しいという。

　佐山から微笑がもれた。自分を外様扱いするばかりの一族かと思ったが、摩季のような異色もいたのだ。想えば佐山の生涯は異色の出現に救われてきた感がある。政財界重鎮の子弟が渦巻く大手総合商社で埋もれがちだった彼がポジションを得たのは、毛色の変わった出自の社員を重用する担当常務の出現であり、スカウトされた部品メーカーでは、口煩い子飼い役員の多い中でやっていけたのは、“Be Different”（他人と違うことをやれ）の英語がモットーの若い二代目オーナー社長の存在であった。

　佐山が摩季の招きを快諾したのは言うまでもない。過去の栄光にすがるばかりの大邨家に、異なる血筋の親族が新風を吹き込んでやりたかった。音楽家中心の披露宴では、十年余り前から習い始めたオペラ・アリアの一曲を披露したい気持ちにもなり、中断していた毎日の発声練習を再開したのである。

一方、理知子は同窓会の後の南米旅行にも乗り気で、準備に取り掛かった。興味のあるのはマチュピチュのあるペルーだ。あれは平成十二年末だったか、日系二世のフジモリ元大統領が日本に亡命中のこと。佐山はとある会合でお目にかかることがあり、その際に元大統領アルベルト・フジモリ氏の著書『日本はテロと戦えるか』と『大統領への道』を贈呈されたのだが、理知子はこれに目を通していたのだ。一九九六年にペルーの首都で起きた四か月余に及ぶ大規模な日本大使公邸占拠事件の折、毅然として危機に対処し全員を救出した大統領は、その決断と勇気を高く評価されたが、この本の中で、日本のテロに対する危機意識の低さと、情報機関の脆弱さを指摘している。耳の痛い話だ。

ちなみに失脚したアルベルト・フジモリ氏は、母国での大統領返り咲きを夢見て平成十七年に日本を出国。まず、チリに渡ったが、拘束されてペルーに引き渡されると、大統領在任中の強権政策の罪で起訴され長期禁固の身となるも、令和五年末「老齢のため」釈放され、令和六年九月死去した。

時は流れ、理知子の渡米が五日後に迫った十二月の日の昼近くのこと。ジャネットからメールが届いた。ボストンは前日の夜十時頃である。何事かとみれば、ワシントンの美術館に大規模な絵画展があり、自分の画廊の女子スタッフを伴い明日から二泊三日の予定で出張する。だが、理知子の到着の折には必ずローガン国際空港に出迎えるから、との確認である。いやな予感がした。空港に迎えてくれるなら、わざわざその前の行動など知らせてくる必要はないではないか。しかも出発前夜の遅い時刻になって。

それから日が変わり、日本はその翌日の早朝四時であった。熟睡中の理知子は国際電話に叩き起こされた。受話器を取るとボストンのマリアからだ。上ずった声が性急にまくしたてる。ボストンは前日の午後二時。胸騒ぎがした。

「プライベートジェット機が消息を絶った。マサチューセッツ沖で機影が消えた」

ローカル放送がそう報じている、と言う。ジャネットらの搭乗機に間違いなさそうだ。ボストンからワシントンまでは一時間半ほどの飛行時間である。これが二時間を大幅に過ぎても何の手掛かりもなければ、遭難の可能性が高い。

理知子は神に祈るばかりで言葉を失い、しばし受話器を握ったままうずくまった。

翌日の午後、マサチューセッツ州沖にセスナ機の破片とみられる物体が発見されたのであった。かつての、ケネディ・ジュニア遭難のケースが脳裏をよぎる。

ジャネットとは長年ネット上の付き合いが続いたが、日本のどの友人よりも気持ちの通じた、強いて言えば「配偶者よりも親しい」心の友だった。それにしても、飛行前夜のあのジャネットのメールに感じた不吉な予感が現実のものになろうとは！　理知子は心に大きな空洞を感じるばかりであった。

だが悲しんではいられない。贈られた航空券はジャネットの身代わりなのだ。彼女は招いている。彼女を弔うためにも同窓会への出席は必至だ。理知子は意を決し、ＡＭＥ航空ジャンボ機のタラップを登った。

第七章　多彩な終局

摩季の披露宴は、広いピアノバーのある老舗のフランス料理店で行われた。彼女の所属オーケストラの団員もよく使うイベント会場だが、ここに決めたのはそれだけではない。新郎のピアニスト、雅之《まさゆき》がここのピアノ「ベーゼンドルファー」の音色に魅せられたことが大きい。「スタインウェイ」がイベント会場を席巻する昨今だが、なぜか雅之は豊かで繊細な音色のこのピアノが気に入り、それは彼の性格を思わせるものでもあった。

新郎新婦以外の参会者は三十数名。大半が音楽関係者で、他には小中校時代のクラスメートと趣味の知人たちが合わせて十名ほど。新郎の両親は他界していて縁者の顔も見えず、「親戚」と称する者は新婦の側の佐山一人であった。新婦の両親の頑なな欠席が侘しいが、それでも母親の真紀子は、夫の目を盗み大きなバラの花束を届けてきた。由岐子からは梨のつぶてだ。すでに形骸化している大邸家だったが、佐山は、それもついに崩壊し始めたのを感じた。

披露宴のディナーは簡素で、披露宴というよりも演奏会の観を呈した。プログラムの最初はモーツァルトのフルート四重奏曲だった。まずは軽快なドレス姿の新婦、摩季が登場。

オーケストラ仲間のヴァイオリン、ヴィオラ、チェロの弦楽器がこれに続いて半円形に並び、よく響くフルートを中心に上質のカクテルを思わせるアンサンブルを演じた。

続くプログラムがタキシード姿で登場した新郎、雅之のピアノ演奏。リサイタルも多い著名なピアニストとあり、みんなシーンとなる。曲目はドビュッシーの『月の光』と『喜びの島』。アンコールがショパンの華麗な遺作の『ワルツ第14番ホ短調』で、ベーゼンドルファーの音色がぴったりの演奏を披露した。

次がこの日のハイライト、新郎のピアノ伴奏による新婦のフルート演奏であった。曲はCDにも収録した、ドップラーの『ハンガリー田園幻想曲』とジュナンの『ヴェニスの謝肉祭』の二曲。晴れ着姿の摩季は落ち着き、この二曲をヘインズ・フルートによりたっぷり聴かせた。

『ハンガリー田園幻想曲』は佐山がいち推しの名曲である。低く尾を引く「ラ」の長音に導かれて立ち上がる旋律の美しさに心奪われ、甘美と激しさの織り成す全曲に人生の縮図を感じるが、摩季はこの曲を、ややゆったり独特の感情をこめて吹き切った。

三十年の昔になろうか、佐山はヨーロッパ観光でハンガリーを訪れた折には田園地帯の空気にも触れたが、あのときの低い不安げな空に流れた、灰色のちぎれ雲の乱舞が忘れられない。地味な葛藤の中に甘美でノスタルジックな心象風景を彷彿とさせるドビュッシーの管弦楽曲『雲』の調べが浮かんだのだ。

二人とも息の合った演奏であった。だがこれは所与の作曲を奏でた演奏の素晴らしさである。作品から書き始めなければならない二人の結婚生活はまた別で、この演奏より遥かに困難を伴うものとなるだろう。相性はまずまずよさそうだが、万事うまくいくかどうかは二人の忍耐力にかかる。佐山と理知子のように相性は不完全協和音程でも互いの反発が絆となって一曲を奏でる演奏者がある一方、完全和音で発進しながら、重なるミスタッチで崩壊するカップルも数多いのだ。

さて、プログラムのフィナーレはヴェルディの歌劇『椿姫』の中で歌われる『乾杯の唄』。新郎新婦のお愛嬌であろうか、何とこれを素人テナーの佐山に振ってきたのだ。しかもお相手のソプラノは、摩季の音大の同級生で、今売り出し中のミュージカル女優である。八十四歳の佐山の胸は若返った。イタリー語で彼が一番を唄い、二番はソプラノの唄い出しで後半がデュエットとなった。緊張した佐山の最後の高音はひっくり返りファルセットに変じたが、ソプラノがうまくカバーしてくれた。

中締めの挨拶が終わった時刻は、ボストンの朝である。理知子が学生時代によく通った聖堂でミサが始まっていた。ジャネットの非業の死を弔うミサだ。スマホのＬＩＮＥを立ち上げると、合唱団の先頭で唄う理知子の声が聴きとれた。佐山はその画面をメッセージに切り替えて送った。「聴こえたよ、きみのよく透る祈りの唄声が。きっとジャネットに届いたはずだ」。さらに一呼吸、「帰国したら、一緒に旅行はどう？　マチュピチュの代わりに」と書いたものの、送信ボタンを押すのはためらった。

アルコールといえば一杯のスパークリングワインだけだったが、会場からＪＲの駅に向かう佐山の気持ちはほろ酔いだった。理知子との結婚の経緯から始まり、果てなく続くベクトルの違いを糧に重ねてきた日々が蘇る。星影まばらな夜空を見上げると、下弦の月に灰色の雲がかかろうとしている。佐山は胸に、ドビュッシーの『雲』の調べを聴いた。

（了）

あとがき

米寿でモチーフを得ながら入退院とコロナに遮られ、五年がかり、齢九十二にして完結した初のフィクション作品である。戦前に生まれ、戦中から長い戦後を生き抜き、明けて九十三歳を迎える身となったのには、いくつかの要因が重なる。

第一は、八十代に初の入院を経験したものの、ガンにも罹らず総じて健康な身に生まれついたことである。後年には、本作品を触発した生活上の葛藤もあったが、不屈の心身の力で乗り切った。

第二は、わずか三歳ほどの差で、終戦直前の少年兵召集を免れたこと（兵士の命の大量乱費により召集対象は十六歳まで下がり、陸海軍合わせ十六、十七歳から二十歳前後までの若者五千名以上が特攻攻撃に投じられ、帰らぬ人となった。鹿児島県沖で撃沈された戦艦大和には、十五歳の少年給仕が乗艦していたとの情報もある）。そして終戦前月、米機グラマンの機銃掃射を僅か数メートルの差で免れたことである。

第三は、何よりも、戦後の日本がかつてない長い平和に恵まれてきたことが特記される。明治維新後の日本は、日清戦争に次ぐ辛勝の日露戦争、壊滅的敗戦の太平洋戦争とほぼ四十年を隔てて戦乱に見舞われたが、終戦後の世界には局地戦乱はあれ、日本にはかつてない八十年に及ぶ平和が訪れ、この時代に巡り合えた幸運である。

第四には、通算十七年のタイ国勤務により、かの地の人々の大らかな気質「マイペンライ」が身に染みつき、ストレスの少ない（雑念排除の速い）精神生活を営んできたことが挙げられる。この言葉には様々な深い意味があるが、一般には「何があろうと、気にしない。大丈夫、何とかなるさ」の意味に使われ、厄介な状況に遭遇した場合の私はこの言葉に救われる。そして、この齢での私生活に於けるモットーは、何ごとも完璧を求めないことである。人生に、正解なんてないのだから。

人間だれしも、とてつもないポテンシャルにより歴史に名を刻まれるような人物を除いては、政治家をはじめ各界の相当著名な人物でも、死後五、六年もすれば次第に過去の人となり、十年も過ぎれば忘れ去られるケースも少なくない。この場合、名の残り易いものがあるとすれば、その一つは芸術的価値のある作品であろう。

そんな思いの中、既刊のドキュメンタリー作品には飽き足らず、高嶺の花と知りつつも、わが人生の機微を記したフィクション形式の拙作である。

ご高覧の機を得られれば望外の幸せである。

末筆ながら、本書の刊行にあたり大変お世話になった文芸社出版企画部と編集部の担当者に深く御礼申し上げる。

濱村　暁雄

著者プロフィール

濱村 暁雄（はまむら あけお）

1932年４月、千葉県に生まれる。
1955年３月、東京大学法学部卒。
大手一流総合商社に勤務の後、
招聘により大手自動車部品メーカー役員に就任。
海外生活通算25年、うちバンコク駐在17年。

著書
タイ、インド、アフリカに関する著書多数。
有力な季刊雑誌のドキュメンタリー賞を受賞。
複数の全国紙に紙面批評等の記事連載の経験あり。

趣味
フルート演奏、オペラ・アリア歌唱、古典落語口演。

資格
児童英語インストラクター。

不完全協和音 反発と絆

2025年１月15日　初版第１刷発行

著　者　濱村 暁雄
発行者　瓜谷 綱延
発行所　株式会社文芸社
〒160-0022 東京都新宿区新宿1－10－1
電話 03-5369-3060（代表）
03-5369-2299（販売）

印刷所　TOPPANクロレ株式会社

ISBN978-4-286-26148-5